U0578483

◆潘觀保《潘觀保日記》◆潘祖同《潘譜琴日記·辛亥日記》《潘譜琴日記·壬子日記》《潘譜琴日記·癸丑日記》

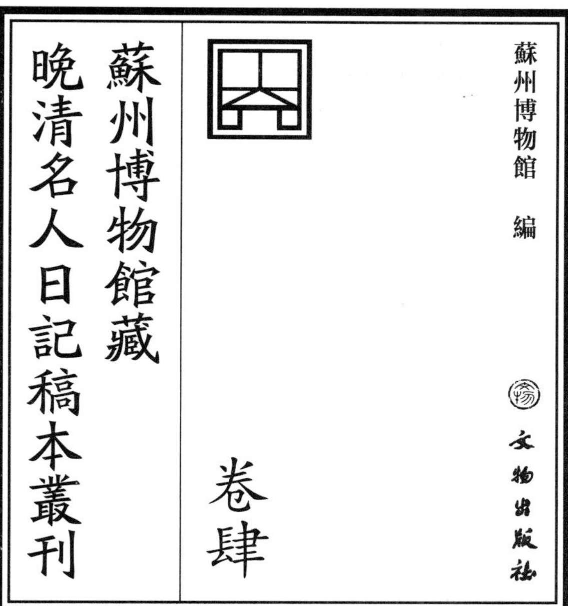

潘觀保日記

（清）潘觀保　撰

潘觀保日記手稿

壬午 癸未

潘觀保日記手稿

壬午 癸未

光緒八年壬午

六月

乙卯朔陰詣兩院稟安即歸晚陣雨即止溯蒸殊甚

初二日晴吳抱仙文治同華舲少初子卿談晚飯而歸得第十三號

諭大雨徹夜

初三日嫩晴夜繁星沈竹裔丈委賒旗店釐卡來辭行賬

初四日晴午刻過何星樵丈談即歸泥深徹臭車行殊苦作寄

沈子梅書並發織局花料二件託吳步賢達應京兆試道

經保陽之便帶去

初五日陰詣院謁見即歸泥深沒踝陰雲欲沈同班無去者係六

秖一二人也

初六日晴入伏到軍需局過金波未晤而歸

初七日晴祝劉毅吉夫人長誕到釐稅局而歸偉度自都回來談

李子喆衍清來交到顧康民肇新書

初八日晴偕何星橋文詒河院謁見初十將赴工督防也散後即歸

方恩泉崔季芬尹子文先後來晤晡刻策騎送季芬行晤答

尹子文不值過廖姝釐晤而歸

初九日忠親王誕祭明詣專祠隨班致祭行禮畢歸途雨作到寓

雨勢淋浪階除盈溢午止晚晴

初十日甲子晴遣人送河帥出城督防伏汛辰刻詣院偕金波

迎蔣毅吉緒堂謁見散後即歸得第十三號諭

十一日陰時有疏雨發十七號稟晚祝啟子中方伯明日長誕即

歸得涂顓荃、潘文濤信。

十二日，嫩晴。見調釐各員名及代理各缺名單。

十三日，晴。答客。過董緒堂，不值。賀李子餘明府令郎合巹，晤，預祝廖仲山學使明日長誕而歸。晚，策騎過偉度談，即歸。致王偉臣年丈鑑增、蔣曉樓文海信。又致張寶園同年佩訓、洛陽信。

十四日，晴。賈蘇雨同年來晤，委釐局提調也。

十五日，晴。金龍四大王廟月朔行禮畢，卯刻詣黃大王廟隨班行致祭禮。禮畢，詣院，晤蔣逸仲、鄭杠亭廣森，偕黃海樓啟典、高趙全坡、劉毅吉、董緒堂謁見。敬添賀王偉臣、蔣曉樓耆壽[illegible]，俱代理釐缺。答張棣臣朝柱、賈蘊雨，俱不值而歸。

十六日晴 車渭占吳拾文先後來談 俞得卿先生晚出

十七日晴 董緒堂王偉臣年文張逸山吳藍田馬芝圃先後來談 晚散 晨俞得卿先生回館

十八日陰微雨午晴

十九日晴 持齋 客來俱不見

二十日晴 詣院謁見 謝客 晚歸

二十一日晴 謝客竟日 雨歸 發十八號家字 裴子斌來談

二十二日晴 答子斌過穀山談 趙含波招同廖高眉三星橋迪庵嘉峰梅卿飯赴之

二十三日黎明詣 武帝廟隨班行禮畢即歸

二十四日晴 詣廖學院 談至晚而歸

二十五日晴 立秋 頗燥 詣院 散後歸

二十六日寅刻詣　行宮隨班恭祝

萬壽藍袍補褂朝珠行禮畢常服挂珠雨作卯初散即歸雨聲淋浪

階除盈溢巳刻止午刻微晴託廖牡臺吳枚一帶趙九号信件

二十七日晴詣河院稟安即歸

二十八日晴過董緒堂談良久歸

二十九日晴秋暑甚止

三十日晴

七月

乙酉朔晴　金龍四大王廟月香行禮畢詣院隨班稟安散後詣火神

廟爲九弟周年禮懺一永日命志汧詣廟行禮是日除日也午

前歸在寓上供率兒孫家人等行禮看雲白日悵慟於懷

初二日晴午刻發二十號稟加封排遞晴舫來拉同赴馬立夫傳誠招

同穀山迪甫省三飯於厚齋鑑園竟日乃散

初三日晴詣院偕湘筠良菴雨文海樓迪甫緒堂謁見散後即歸

得十四號諭午後〔仝〕部將園友人〔領〕帖即歸梅文出省

初四日晴連日秋暑甚熾逸山少文筆舲來談

初五日晴詣院隨班謁見散後答客到釐局而歸

初六日晴晚過伴度星橋談而歸陣雨即止

七夕晴王左泉來暢談為閩內簾監試舊事也客來絡繹午後

出門過丹丞暢祝達峯友人長誕即歸

初八日晴緒堂晴舫先後來暢張柏庭金鍇回新居鋪卡陳夢九爾羖陞

李星橋卡朱韓俱暢賀玉章太守瑋委禹州厘卡來見午

後出門祝陳秋圃桂芳長誕過來寶三鑑託領封軸趙金波又過

長談至晚而歸

初九日晴蔡到局晤芝圃即歸午刻西北風驟涼晚微雨梧山同年吳楨文先

答來晤霄九丈赴陸山任來辭行晤

初十日晴詣院賀答客過逸山談晚歸

十一日晴抱仙丈招同雲溪筆舲談晚歸得十五號諭

十二日晴過翁逸仲軍門晤至釐稅局又至軍需局而歸午後西北風驟涼

十三日陰微雨發耶丙書廿一號稟送仲來新選河南守承楓亭恩來辭遠

峯先後來晤

十四日嫩晴過節如例晚招李福堂裴子斌金怡堂啟典六爺飯何綬言尹

子文穆遠峯不至戌刻散

中元陰　風神廟月香行禮畢順答客詣院隨班謁見歸　遊山招同雲
溪華舲談晚歸
十六日晴祝部蔣園長誕過金怡堂不值汪毅三語而歸
十七日晴招承楓亭恩馬慎齋永脩龔彰庭繇采雲玉章璋薛曉鈞鍼
集澄懷山襄餞　飯未初散晚至臺稅局即歸
十八日晴午後答過金怡堂喜玉松崖壽何佩言紹昌行俱不值至報
銷局過趙金波談而歸得十六號諭
十九日晴詣仲山語過陳右銘不值到臺稅局雨作即歸
二十日陰詣院稟安並詣河院稟安祝王左泉長誕至晴舫夫人長誕而
歸夜雨徹曉撲廿二號稟
二十一日雨

二十二日陰嫩晴夜星光頗燦

二十三日陰午刻微雨

二十四日嫩晴

二十五日晴詣偕葉湘文姚良文黄海樓薛雲溪董緒堂竭見散後過裴子斌拜其庶母之喪行禮即行又拜路清如世丈領帖行禮并陪客其長孫傳甲丙子年姪也客散即歸

二十六日晴白露隨班詣　金龍四大廟致祭行禮又詣　栗大王廟痧氣舉發即歸遣人寄賀益之署致賀芝圃渭占筆舫手牋來談晚散咽痰判去血出乃愈

二十七日陰微雨祝麟子端太夫人過釐稅局歸途晤汾省三談而歸天氣甚涼

二十八日晴午後陰

二十九日晴午後出门答客俱不值過張逸山晤而歸

八月

甲寅朔晴　金龍四大王廟月香行禮詣院隨班謁見即歸

初二日晴　發廿三号字

初三日晴詣院廛訪小玉隨同謁見即歸　拜丈招同芝渭筆談晚

歸

初四日丁巳晴　黎明丁祭分獻西廡禮成視斌士俊長征而歸

初五日黎明至南门隨班致祭　社稷壇　山川壇禮成進城詣

院文詣　仲山晤談而歸

初六日晴同雨卿至玉尺齋觀　主考入闈午正始過　主人留點荊公

飯時已午，飢覺鄉誼足感矣。未刻同歸。夜雨。

初七日 晴。午前過佛度副軍需局而歸。飯後陳右銘來，聯出門到厘稅局順答右銘，不值。過陳鴻渐，聯而歸。

初八日 晴。詣貢院候啟門，隨班參謁，幫同點名。未刻兩，酉刻東西兩路同時點畢。中路穆山、子政兩太守點名，戌初畢，候封門而歸。

初九日 微雨。申刻招杜振之、鄭霖三、汪少雲、狄伯綱、黄怡雲、李翁霄飯。瘧氣又發，踡臥至子夜始安。

初十日 晴。悉鄉試題：子曰君子矜而不爭，兩章；知斯三者，則知所以脩身；賢者在位，至明其政刑。秋氣平分月正明。

十一日 陰。丑刻至貢院中，正事畢而歸。發廿四號稟。

十二日 晴

十三日晴午初詣貢院隨班拿祝即歸梅文四首

十四日晴詣 孟子祠隨班致祭行禮長星出於東方光顛長指西

南亥貢院申初散歸

十五日晴 金龍四大王廟月五行禮畢詣 龍神殿隨班秋祭禮畢

詣院隨班稟賀即散至署致賀而歸夜同梅卿丈得卿

先生詣厚齋昆乘月遊鑑園而歸

十六日晴秋祭 劉猛將軍隨班行禮即散歸過謝袁寶三略談

而歸北風微號涼信將至

十七日陰到軍需釐税兩局順答客而歸驟涼晚雨入夜

十八日陰隨班進貢院謁見並過子瑞星樵兩丈少坐散後即歸

廑訪由濟甯電報悉順天鄉試題子曰雖之言然尊賢日肖月

試三句伯夷聖之清者也三句松風含古姿江南鄉試題子曰小
子何莫學夫詩兩章尊賢之等禮所生也命也命題五袖中吳郡
新詩本午後嫩晴晚厚齋招同立夫梅卿得卿省三錫之飯
於鑑園月色清朗登高遠望淨無點雲歸已亥刻矣
十九日晴光可愛出門答客過子斌不值晤金坡談而歸
二十日晴黎明詣栗大王廟致祭聖誕行禮畢至耄石順答客而
歸發廿五號稟
二十一日晴黎明隨班陪祭風神散即歸
二十二日晴
二十三日晴詣仲山閣學晤晚雨預祝趙金坡太夫人長誕而歸
二十四日雨怡生弟偕季雅來談

二十五日雨致祭僧忠親王祠隨班行禮散即歸申刻監臨出闈偕

隨班詣轅稟安即散祝焦丹丞趙金坡長誕而歸

二十六日晴雪漢筆舲芝圃來談

二十七日晴詣文廟聖誕致祭隨班行禮畢祝倉少坪年丈明日

長誕即歸得十九號諭

二十八日晴詣院隨班謁見順答客而歸任樂如庚亭於閘涂道署

晚招李小坡國和趙幼謙希光安而餞顥英吉人東涂鼓荃景

濂潘文江濤飯戌刻散

二十九日晴黎明送任樂如啟午刻歸仲山阁來晤

三十日晴辰出門答客到厘稅局而歸午後賀王晴舫署河道篆

過仲山阁步賀李雲峯映東選雲城令而歸得丸號諭

九月

癸未朔晴　朱大王廟開光。文昌宮月香行禮畢詣　院散後詣河院偕汪穀山劉毅吉啟迪高薛雲溪趙金波焦丹丞穆遠峯謁見散後即歸　發廿六號家書並蔚、歲長滙接排遞蘇柏

初二日晴　曉筠來談　適王姓送到殷柳村之女年九歲暫留寓中

初三日晴　過穀山談　緒堂在坐　同渼過孫生炷劉華舲談　到蘆秋舫順答而歸

午後風旋陰

初四日陰　過迪齋不值　過袁保之談　晤任樂如顧七郎薌洲劉華舲亦在彼談午刻歸　得春巖信件

初五日晴　詣院偕良文毅吉海樓金波迪齋雲溪遠峯緒堂謁見即歸　紉卿袁妹來談留飯而去

初六日晴仲學華蓀芝園來談蘇雨同年來晤晚雨

初七日陰拜劉善初太守善慶領帖於湖廣鄉祠即歸

初八日陰見題名錄賀成萱西金壽田表雲澍霖中式送趙幼謙希曾

赴陝州任而歸

重九日陰雨祝王左泉長誕渭占招同雲溪抱仙芝園仲鄂孟翔華齡梅史晚

飯而歸得

初十日微晴詣院祝豫東屏廉訪長誕而歸午後過省三晤送陳采之行晤答

仲山綬五陳梅村赴恩縣署任不值而歸葉廿七歸寄並被面等又寄

春君代並堂參黃芪託陳采之帶往

十一日晨晴午後細雨如昨吳俗謂之釣西風雨風起即寒矣

十三日雨吳燮臣樹梅鄭芝巖嵩齡兩主試先後來晤即答之

十四日晴晚玉晴舫招同倉少坪劉南卿廖仲山宗偉度晚飯而歸

此甲戌至己卯舊業也

十五日陰 朱大王廟月香行禮畢詣 院偕海楼緒堂謁見又詣 河院而

歸

十六日雨仲学華舲少文來談

十七日晴偕戊午同年賈蓮雨敦恪陸杉山寶鉞朱藝祥拱臣韋春舫

際清焦仰之思濬郭鍛之古陶鄭[illegible]翰臣蓀泰 玖祐公

詣廖仲山學使鄭芝巖主試飯於江蘿舍館中刻散出省

未到者何孫田葉樾王心齋宗正

十八日晴江蘿舍館中請鄭芝巖主試中散雨作即歸

十九日雨李翥霄送順天題名知姪志襄中式七十一名

二十日陰晚晴鄒芝岩同年吴燮臣兩主試飯邀汪孟平坦方慶
甫昨埶楊六韩欽琦作陪戌刻散
二十一日陰發卅六號寄
二十二日陰河撫兩院來屬以請吴鄒兩星使廖仲山學晚飯共九
席王馨庭太守李子錚明府同坐戌刻散
二十三日晴送鄒吴兩星使行均晤順答客而歸
二十四日晴寒
二十五日晴午刻出曹門隨班送兩星使還京申刻回城到屋抵與
少坐而歸
二十六日嫩晴旋陰巳刻張逸山招同王晴舫趙舍波啟迪齋薛雲
溪董緒堂飯散後過省三晤即歸

二十七日晴寒始穿小毛晚過偉度星橋談而歸立冬
二十八日晴詣院偕湘良丈小山謁見所帰得廿二號諭
二十九日晴招劉華舲來送殷女於張仲孚寓
三十日陰過節如例

十月

癸丑朔晴 金龍四大王廟月香行禮畢詣 院隨班謁見順谷家拜
任樂山領帖帰答廿九號諭
初二日晴賀朱卜臣立功謝肴三仰堂郎媛嫁娶過河道署支賓午
歸招仲山閣學子斌都尉左泉晴舫緒堂飯晚散又過肴三
擾喜酒攜兩孫女成帰
初三日陰送樂山移柩孝嚴寺行禮畢方伯應訪邀同子斌金波玉

武場周覽而歸。晚何星楷招同時舫、海樓、金汝丹、丞遠峯

小山晚飯，散後即歸。夜雨達旦。

初四日雨，申刻北風怒號。

初五日嫩晴。詣院隨班謁見，並謁見仲山閣學而歸。得九月十

七日廿三號諭。夜晴。

初六日晴。詣校場幫同伯東閱試，事非常例也。晚散歸。

初七日晴。卯刻赴校場馬箭畢。晚偕季芬來晤

初八日大霧，午刻晴。始閱地球。

初九日晴。閱地球畢，飯後閱步箭，大風不能射而止，午正散歸，順祝經

毅山長誕而歸。

初十日寅刻詣

行
宮隨班恭祝
皇太后萬壽行禮禮成散送廖仲山閣學視學仕滿啓程聯託帶貂
馬褂寄呈　大人並致廖數士代件浙江仲山閣學帶俶
四籍止即帰欵三十歸字
十一日晴風
十二日晴風
十三日晴丞校場閱步箭訖
十四日晴丞校場閱步箭
十五日晴　黄大王廟月朔行禮畢弔馮子立端本太夫人入城治喪
滌即赴校場風大飯滌即散帰
十六日晴風大午滌少止閱步箭晚散

十七日晴閱技藝如

十八日晴閱技藝

十九日晴閱技藝

二十日晴閱技藝

二十一日晴閱技藝畢此次武闈因咸子中方伯興桂代閱非有差事也同闈者麟子瑞椿爲提調斌子俊都尉傑同閱

二十二日晴飯後方伯招至衡齋磨筭册子晚飯而歸

二十三日晴飯後方伯招往晚飯而歸

二十四日晴閱註清摺三扣畢方伯招往携至磨對改註晚飯後始竣事而歸

二十五日晴隨班謁見祝張遜山長誕而歸方伯來晤飯後至什

邠院拜方海峯年伯丈婦歸葬順答程靜伯而歸

二十六日晴賀吳子中妹丈江佩之嫁女娶孫媳過馮蓮塘學使文蔚晤而歸王問梅姊夫自甘肅來晤

二十七日晴祝江佩之夫人六十誕辰到門順答客到軍需局祝黄坦園通守廷中芳蕊王太夫人七十壽而歸蓮塘學使來晤

二十八日陰寒過蘇子瑞晤宗偉度疾來招即往為訂何星橋丈診脈立方而散答王問梅即歸斌子俊城守傑來晤以二十五歸諭夜見星

二十九日晴晚陰宗偉度招往視疾延何星樵丈為診脈立方

十一月

癸未朔陰金龍四大王廟月香行禮畢詣院稟安祝焦丹丞太夫人壽

即歸午刻聞偉度疾革昨方斷斂赴江佩之招同吳子中飯會親也

初二日陰許仙屏同年來賀即往賀答不值賀易幼舫姪姻谷馮子立

同年端本不值而歸偉度又來招聞知昨夜吃涼水畏寒戰殆又

邀何茗樵及張雪明應焯同診脈處方而歸午刻雪至晚已

積二寸許

初三日晴薛雪溪六十壽登堂見面即返祝過許仙屏賠三次祝宋

偉度病勢垂危妻子終四歲寡居山東別無親族丁兩友之表義

無可尋招其戚李瑞臣預備附身附棺一切

初四日晴辰刻往看宋宅祝偉度已在殮留又招其戚蘊竹軒到彼並分紛宅人喚成衣木

匠棚匠趕緊料理陰陽生明日辰刻入殮計一切均可不悞又請祥符

縣令到彼分付鄉地添派丁役小心上夜期無他虞抵暮宅中送

信云案歸舊恙復發即請仲芳柱文同來診視云肺氣不全似舊說乃因外感積滯阻發宜用疏通並以消導夜飯後又往宋宅督催一切應用衾枕物件黎明始齊

初五日陰辰刻送偉度大殮成禮午刻回寓少睡飯後又往督飭上添補酉刻返同星文回寓

初六日陰寒微雪偉度接三往照料宋宅到寓之申刻歸遇星橋文邀來寓診視

初七日陰

初八日陰詣院偕黃海樓董緒堂隨班謁見即歸

初九日晴仲學怡生芝圃來談

初十日晴發卅三號家內樹花子王命代排遞蘇臬賀拾仙文暨挽對偉度首七

十一日晴 偕韜臣、玉桐、茂倩、又玉日昇昌晚飯，飯後過仙屏談而歸

十二日晴 過何星文晤，適陳生壯赴玉晴舫招同仙屏、子瑞、南卿、海樓飯

晚散歸祀 先如例 共三十四拜竟

十三日冬至 晴 卯刻詣 行宮拜牌隨班行禮畢詣兩院賀過兩司

何星樓文歸

十四日晴

十五日晴 金龍四大王廟月香行禮詣 院又詣 河院隨班謁見而歸

十六日晴

十七日晴 得二十六號諭

十八日晴

十九日晴 賀陳生壯志德姻偕會館禮成余即歸

二十日晴訪阮偕汪毅山卿游圃黃海樓薛雲溪移遠峯樊葭庭竭見而歸飯後過李搏霄談賀孫生嫂歸於西棚板街寓中對卅五歸年矣伯寅入樞垣

二十一日陰過枚仙丈談少初子厚季文芝圃同談

二十二日陰枚丈招同雪溪子厚蘭亦談以雅蒔行卯後之

二十三日晴仲鄂季文招飲同子厚芝圃少文談晚飯而歸賀王蓮舫太守令孫祖仁入清苑學過喜筆來此過馮耿棠學使晤

二十四日晴拜佛殿三七即歸何星樞丈來晤以王藍岑信即後之晚緒堂來晤

二十五日晴訪阮偕海槎竭見賀許仙屏不值而歸進卯之妾署准甯知來晤晚過甯三晤而歸

二十六日晴

二十七日晴 彭嵩伯康孫來晤芍亭中丞胞姪父圖七姊長郎也

二十八日晴 邀山抱仙少文季文仲郭子厚芝圃來談

二十九日晴

三十日晴 書卅大幅字

十二月

癸丑朔陰 將軍廟上旋開光謁栗大王廟月朔行禮謁 院隨班謁

見又謁河院而歸 仙屏來辭行晤厚甫肖三來晤

初二日晴 送仙屏行不值答客而歸

初三日晴 少文招同茱田山抱仙季文仲郭芝圃雪溪厚談晚飯而歸是

日頭痛頗不適

初四日晴。答客均不值。過搏霄略談館事，過步初不值而歸。

初五日晴。詣院即歸。晚戴純學成章、翁永之拉志錫來，晤純學，就學使幕府之，亦赴蘇，彭之約也。

初六日晴。雲溪蘭四怡生來談。

初七日晴。夜大風。菶文診案，歸服補劑，不見效。招張雲明診之。

初八日陰，大風揚沙。宗偉度領帖晨送，照料未刻，為題主。晚過啟迪齋略談，自山東工次歸，談有頃，歸。永之來榻寓齋。

初九日晴。志祈患喉證，連日延方銘之診治，之無效，乃延池姓老嫗，年七十有六，專治喉證，專治用吹藥，不得更服苗劑，如其言，使專治之。

初十日晴。詣院即歸。麥卅八綿年

十一日 晴雪入夜乃出志成病金

十二日 大風徹晚庭中積雪頗深而屋瓦未白爲風所埽也

十三日 寒陰

十四日 晴過劉毅吉即歸

十五日 晴 朱大王廟月米行禮訪阮即歸

十六日 晴

十七日 晴訪得卿先生遇執卿搏霄永之作陪禮飲而散

十八日 晴訪阮偕毅山雪溪金波遠峯小山謁見過也齋晤而歸飯後過

緒堂談同江佩之小恙即歸蕭卅六号禀

十九日 陰午後雪晚階前積如粉矣何異揚丈林睛

二十日 雪詣阮是日封印

二十一日陰雪劉華舲薌人直方先生領帖赴甲午歸得師紹雒去

二十二日陰昨夜得雪計五寸許矣拜葉李英先生燧昌訂明年課讀

二十三日陰祀竈如例替三元錦等

二十四日陰祀神過年晨細雨后益暖聖棠而歸

二十五日晴晚招劉西峯武吟舟兩太守葉子侯司馬張雲明狀伯絅方慶甫三明

府飯戌刻散

二十六日晴汪毅山招同劉南卿子晴舫黃海樓趙金波同飯並見新孝廉查張焉中

散即歸

二十七日晴立春已刻詣院順答客即歸晚背節酸楚抽掣甚不適以葱白酒

治之即卧

二十八日陰延伯絅診脉

小除夕嫩晴仍延伯絅診歲四十歸稟

除夕陰午後隨班詣兩院辭歲並兩司各署投帖即歸夜祀先志錫

姪隨同行禮所奉 喜容自 谷馨公 其蔚公 敷九公三世皆

同支也接竈如例亥刻即安臥

光緒九年癸未

正月建甲寅

癸未元旦癸未晴寅正起拜天地竈神喜容前行禮卯初出門金龍四大王廟拈香行禮畢詣院一路曉霧如湘騎而行貂裘盡溼隨班坐候齊集稟安不圍拜散詣河院並各署賀新禧午歸時露晴光

初二日陰微雪

初三日陰晚晴夜卧感寒發熱延伯絅診脉

初四日陰葉季英先生燧昌開館晚晴招戴純孚及永之妹同飯力疾陪坐終席而散訂初十到塾

初五日陰夜雪

初六日陰

初七日嫩晴

初八日雪永之姪附程台委員馬仰山希周舒張苕月納之便起身西行

龔元拂稟

天誕日陰

初十日陰詣院偕良文發山穀吉雲溪金坡丹丞緒堂請之謁見散巳午

正即歸雪深泥滑天又沈陰只可肩輿矣

十一日陰過緒堂聯談而歸午慕琦來晤

十二日陰奉二十九號　諭夏薇卿詒垣來晤

十三日陰緒堂姜榆卿來晤於江培之接三帳答客到釐稅局過劉毅

吉晤而歸夜月色甚皎

十四日晴 迓豫生姊暨到軍需報銷局 順答客歸 楊瓊丹來暨 得三

十號諭 午後又陰 瓊丹來暨[illegible]

元宵晨黃大王廟月香行禮畢 順答客 偕仙屏海樓謁見河帥而歸 雪

花炮舞踊密竟日 偶露晴光[illegible]

十六日嫩晴 收喜容如例 迓馮耻棠董緒堂不值 暨李芬逸山 順答客

而歸 耻棠季芬來暨 獃二龍 稟季英先生到館

十七日晴 答客 陸鐵樵招同泳楓亭吳仲貽歷明軒楊伯衆飯 晚散歸

十八日晴 同人以詩雪雨道三鎮三營首府首縣飯於八旗會館歸

已上燈矣

十九日晴 答客 暨夏徽卿馮耻棠謝省三而歸

二十日晴 答客 诣院 移吉高參戎同各鎮營招同藩臬各道首府縣飯於衙齋

散後答客晚馮聯翁招同潘子靜臧子仙陳芙生飯歸已亥刻矣

二十一日晴。開印，隨班詣院，即歸。

二十二日晴。晨詣火神廟酬神行禮，賀夏上珍子鑾令媛送妝，徐夏露同年之妃也。又賀馮聯棠學使到任，赤照，曾現任司道，招文武同寅外府首府知飯於八旗會館，晚散歸。

二十三日晴。晤三韓宇。

二十四日晴。夏宅招陪新郎，辰刻，馮聯棠行親迎禮，設席陪坐，少刻，即行賀部游園，令姪高淋即行賀馮聯棠續膠招爲知賓，未刻歸，酉刻赴劉毅吉招，同許仙屏、崔季莽、牟慕琦、楊瓊舟、啟迪齋、趙金波、歐陽潤生晚飯，亥刻散歸。

二十五日晴。緒堂招同晴舫、毅山、金波、海樓、遠峯飯，散後偕遠峯詣東嶽

廟中刻方伯到隨同行禮是日開工修建也少坐散歸
二十六日晴邀山雲溪笠圃渭占來談晚飯而散季蓉來談良久別
去陸約卿表妹自朱鎮來晤
二十七日晴祝王晴舫夢蓉年伯母長誕祝蔡湘丈長誕均未晤順
客而歸
二十八日晴詣院止院即行順答客補祝蔡李英先生昨日三十誕辰
出未晤過迪齋晤而歸
二十九日晴發第四號稟
二月
壬子朔晴火神廟月香行禮送劉小晴嵐太守光煜赴吉林詣院順
答客而歸

初二日 嫩晴 送馮聑棠學使初四出棚 過夏薇卿詒垣 晤而歸 晚招

厚齋 曲齋 金波 穀吉 緒堂晚飯 遲肖三不至

初三日 晴 隨方伯致祭 文昌帝君誕辰行禮畢又致祭 風神行禮

即歸

初四日 晴 接元歸諭

初五日 晴 隨班致祭 龍神行禮即歸

初六日 晴 丁祭分獻西哲 隨班行禮畢又致祭 孟子遊梁祠行

禮即歸 大風揚沙 至晚乃息 發五歸稟

初七日 晴 隨方伯致祭 社稷壇行禮畢又致祭 神祇壇行

禮畢 進南門 晤淦楞山 董緒堂而歸 託周頤臣爲寓館

西征帥便寄永姪信並馬褂二件至 過靈寶署中稍坐

初八日晴

初九日晴陳六舟同年彝來晤午後往答晤談而歸

初十日晴隨班謁見散後過賈湛田世姊不值而歸

十一日晴賈湛田來晤晚素賓三招同雲溪緒堂明軒秋圃小坡

飯散歸已亥刻矣

花朝晴六舟來談

十三日晴甲子龔陞錦容逸山招同穀吉金波雲溪迪菴緒堂飯申散

十四日晴春祭武廟隨班行禮畢至鄉祠拜李彤卿夫人領帖即行

招六舟湛田子瑞穀山緒堂飯申初散龔陞錦

十五日陰黃大王廟行禮詣院又詣河院謁見而歸

十六日晴出宗門春祭二程夫子隨班行禮畢賀張遜山汪坤寬兩姪婦

姻爲江佩之姻丈題主送宋佛度出殯至三薇堂射傍之劉氏

園游覽回城緒堂招同六舟湛田子瑞迪齋毅吉飯申刻散歸

永之靈寶林書

十七日晴答客賀陳六舟同年接劇歸即恢答而歸

十八日晴

十九日晴持齋穆遠峯招晚飯未赴以三歸諭

二十日晴詣兩院即歸晚招陸鉄橋鳳翔尤少文毓源安壽之述謝

省三仰之君保三鑑汪仲寬裕■安諸先生飯散已亥刻矣

二十一日晴隨班春祭嶽瀆之神於萬壽臺散後即歸

二十二日晴拜江佩之領帖雪溪招同姜輝庭怡逸山尤少文張仲鄭馬

芝圃韋渭占談晚飯而散

二十三日晴暖送江佩之出殯至增福菴行禮而歸迪齋來辭行晤送

宗子述明日放乃兄偉度太守柩回並送眷回滬不值即歸

致桐村信永之信

二十四日晴點七錦稟卯刻春祭　倉聖隨班行禮畢即歸　送啓迪萬四朵

二十五日晴春祭　僧忠親王祠卯刻隨班行禮畢即歸　緒堂來談　吉溪又拜

張雪移太夫人領帖於江蘇鄉祠而歸

二十六日晴仲鄭招同逸山少文雪耕庭雲溪渭占談晚飯而歸

二十七日陰微雨過節祀　先如例

二十八日清明節陰招吞舫純甫劍侯渭占芝圃梅卿晚飯戌刻散

二十九日陰得四錦　諭中刻送至左泉大斂行禮而歸

三月

辛巳朔陰 城隍廟月香行禮畢詣 院隨班謁見散後偕雪溪緒堂

至江蘇會館少文惕知伯綱藹雲春農樂亭焕之道子宜均在公

議定看館人午刻歸發八号稟

初二日陰賀其丹泌駿楓署糧道到厘税局拜張滋富甄科接三又過沈梅卿

丈而歸

初三日晴

初四日晴招耀庭少文渭占雲溪芝圃仲郢季文晚飯而散

初五日晴拜王左泉首七詣河院又詣撫院隨班謁見散已午刻赴張

逸山招談晚飯而歸

初六日晴過賈湛田任佛桐不值至釐税局而歸

初七日晴黎明出宋門隨班致祭 先農壇行禮耕田如儀見 邸

抄河南巡撫鹿傳霖補授東河總督，慶裕補授，方伯約同

詣院稟安並詣河院稟安，隨班進見，散後即歸

初八日陰，先母夫人忌辰，上供如例，是日不見客，何星樵丈、擬女遣人致賀

初九日晴，金波來，談出門補賀何星樵丈，談，送東渭占行，赴林厚齋招，

同劉毅吉、趙金波、何星樵、董緒堂、張逸山、謝省三晚飯，持齋勉

坐終席而散

初十日晴，詣院隨班謁見，順答客，過緒堂，談而歸，擬九號稟

十一日晴，招劉怡生、錢仲鄉、馬芝圃談晚飯而散，得五號諭

十二日陰

十三日嫩晴，西北路謝客，均到門，歸飯，晚赴孟秋坡招，同毅吉、鏡波、秋圃、璞山飯

十四日嫩晴，東南路謝客，均到門，午歸

十五日陰　金龍四大王廟月香行禮詣院隨班稟安又詣河院稟安順答客而
歸時有疎雨飯後過梅卿丈謝省三玉植三晤而歸
十六日晴詣　院偕海樓緒堂謁見歸途答客拉姜小芳領帖陳甫堂夫
人領帖而歸
十七日晴飯後至郵錦局賀陸桂山同年接開[illegible]篆過金波晤同過毅吉
談歸途又過緒堂晤而歸得永之信並畫件即復之
十八日陰過顧偉彤晤送素寶三兆上寄十歸稟晚招素寶之漆耕瑶狀
伯絅鄂李雅亭翁霄飯戌刻微雨約二寸許
十九日陰
二十日陰詣　院祝翁逸仲太夫人九十誕辰張逸山夫人長誕旋談　晚飯而歸
雲溪怡生　梅丈同飯夜雨徹曉

二十一日陰賀湘文妹女出閣即歸

二十二日晴賀趙鼎成姻即歸梅丈來談晚飯而去

二十三日陰緒堂慶甫耕孫我池約軒先後來勝寰方右民三哥信件託翰臣攜津轉交瑞卿寄東海關道署去冬新得幼子其長子於在同治中年在京寓夭歸便已十餘年伯道增悲今特函相告喜可知也

二十四日嫩晴少文招同子揚樗菴逸山雪溪飯戍刻散歸發作十一號稟

二十五日換季晴詣雨浣遇季芬不值而歸省三梅丈先後來談發十二號稟

二十六日嫩晴偕毅山雪溪緒堂謁見敬修遇緒堂略談而歸夜

微雨

二十七日嫩晴 得永之姑靈寶二月初三日並附託寄家信等件郵筒遲滯經五十五日矣卽復之因招慕琦季芬六舟金波毅吉緒堂晚飯戌刻散

二十八日晴 過慕琦季芬不值到撤銷厘稅局而歸 赴逸仲招同小山子政飯申刻歸

二十九日晴 晚金坡招同季芬慕琦湛田毅吉緒堂晚飯亥刻散歸 得六弟諭

三十日晴 午慕琦從戎來送帖訂分晤

四月

辛亥朔陰雨 黃大王廟月香行禮畢詣院 遣人詣河院 歸途答慕琦晤雨歸

初二日陰晴錯沈梅史來診用清熱疏氣之法向來病左耳亦有氣閉之象也黄十三歸稟並附永之稟家信二函晚到釐税局順過季芬不值過緒堂季芬在坐同談至晡乃歸

初三日陰詣院謁見祝穀山夫人明日長誕到鄂銷局歸已午刻矣晚嗽晴

初四日晴光可喜午後雨仍開霽晚過星楂丈衡山談而歸

初五日嗽晴詣兩院稟安即歸

初六日晴蔣雅蓀書並還件即覆之

初七日晴楊瓊丹鎮軍來晤午後答瓊丹不值過穀吉季芬晤而歸並過省三適厚齋鍾玉談而歸

初九日陰王石泉開來早往午歸蔣七歸諭

初十日陰詣院即歸午後護院傅公同往炭廠胡同前院寓門晤答公而歸

十一日晴未刻詣院賀護院接印而歸

十二日晴隨班謁見畢賀豫東甫署藩寶湛甫署臬薛雲溪署河陝道亞聆至仲培而歸

十三日晴言子延詣會館行禮又詣西門呂祖閣行禮即歸

十四日晴招楊瓊丹芳桂斌子俊傑蔣遜仲東才李禮庵永芳姜翰卿桂毓嫫裴子斌政午飯中飯散

十五日晴火神廟工竣隨班致祭行禮畢詣栗大王廟將軍廟月老行禮畢詣前院並撫院請安即歸

十六日晴晚閱以會試榜信佩崔吟益兄弟同登可喜也

十七日晴 飯後賀李搏霄耽捷，過梅文敘吉緒堂談，侍不值而歸

十八日晴 吴春伯延診，詣會館行禮，即歸。左耳脹痛，聽殊窒閉，似係風火之象

十九日晴 雅苑季芬輝庭魯青檢寓先後來瞻

二十日陰 遣人詣院請假。頭痛身疼，襲酸發熱，似有風温之象，延梅卿丈診治

二十一日陰 仍延梅卿丈診治。許仙屏董緒㞢何星垣先後來瞻於臥室

二十二日陰 仍梅丈診，風温已退，兩耳氣閉，大有重聽之象，皆虛弱致

二十三日晴 得八九弟諭

二十四日晴 張仲卿兄代邀東河通判張錦帆芳標來診，云脈象

心腎本虧又因脾經受風胃火甚旺以致耳聾立方而去
云數劑可全
二十五日晴銷假出曹門隨班迎新河帥慶蘭圃 裕 進城又至
公館謁見而歸
二十六日晴
二十七日晴慶河帥接印隨班稟賀歸飯未刻六舟招同湘屏辛芬
穀吉緒堂飯於南門外張氏借園晚歸
二十八日晴
二十九日晴
五月
庚辰朔晴 金龍四大王廟月香行禮西門 呂祖閣求仙方得第

八載詣兩院並前河院送行前接院寄安順答客即歸發

初二日晴發十六號家

初三日晴詣院謁見順答客即歸

初四日晴寅刻赴書門隨班送梅河帥回歸即四號得十號諭

緒堂梅文來談得十號諭

端陽晴詣院賀並詣河院前院賀即歸得永之信内附又七號家信一函午後

雨

初六日陰雨延張小松明府肇楠診脉

初七日陰雨

初八日陰雨

初九日陰雨詣呂祖閣求仙方順答客晤沈梅史而歸午後發第十七

歸禀

初十日　晴　遣人赴院禀安　招姜厚菴、馮石卿、周壯平、成熙荆、楊樂亭、吴夢岩、陳采之午飯，未散

十一日　陰

十二日　晴　熱

十三日　晴　寅刻赴大武廟隨班致祭武帝聖誕，行禮，又赴會館

晴舫、緒堂行禮，值年為東，到即歸

十四日　晴　案兒三十生辰，在相國寺禮懺，令兩孫到寺，余亦往禮佛，遊者如

斯。晌已六年，愴然久之。歸途賀孫東屏方伯、蔣蓀益，各即歸。寓

中上供如例。晚過緒堂，瞻又各家，過逸山（厚齋、省三）為金波餞行，招同敍吉

緒堂、梅卿作陪，亥刻散歸

十五日晴热诣　眼光廟行禮　黄大王廟月朩行禮诣院散後答客即歸追

人玉河院筭安

十六日陰嫩晴晚雨

十七日陰雨晚得十一號諭單诣　吕祖閣求仙方歸途賀嵩壽李

君霄昕答周琴書维楨不值過梅文昕賀朱祖謀而歸寄永

之靈寶信

十八日雨巳午間忽露日光旋又雨作入夜不止大似梅雨發十八號稟

十九日陰雨雲陰沈沈

二十日陰雨止院遣人稟安

二十一日嫩晴午後答客祝繡堂兄五十壽丽目厚卿有三毅吉峡坂

戌刻散歸

二十二日 晴陰錯

二十三日 晴 又

二十四日 晴 午後過管杉梅卿丈暨送阿院明日上臺到報銷局順答客而歸

二十五日 晴 詣 呂祖閣求方 過豫方伯不值 詣院稟安 過穀山不值而歸

得十二號 諭並觸兒稟書

二十六日 晴 叢老九號稟

二十七日 晴 緒堂來談

二十八日 晴 邀山稻同仲孚怡孫談晚飯而散 晨隨班祭 城隍神誕即歸

二十九日 晴

六月

己酉朔 陰 火神廟月香行禮 詣院隨班謁見撫浙答客即歸 晚

過梅卿丈談並晤厚齋明日同省公赴工拭墓歸

初二日晴隨班至宋門候鹿中丞賓眷進城又至八旗會館歸已

午正矣

初三日晴詣 呂祖閣求方工院謁見雨賀張仲孚補鄧州即歸晚陣

雨

初四日雨仲郭少熙芝圃先後來晤

初五日晴詣院稟安拜史琴生之太夫人年伯母開弔於相國寺伊

孫 明府廷瑞在寺成服也略坐即歸發二十號稟遞

蘇臬署排遞

初六日晴為仲郭餞行少文逸山芝圃同談晚飯而散

初七日晴

初八日晴

初九日晴得十三號諭答客到局而歸

初十日陰

十一日晴甲刻隨班預祝護院五十誕辰即歸始浴

十二日晨隨班恭祝誕辰即歸發廿一號字

十三日晴

十四日晴招陳鯉庭家宴瓦昌前藏〻邢霖王芝周司馬杖鄭翰亭潘馬芑

國家忌飯中散得十四號諭

十五日晴金龍四大王廟月香行禮詣兩院答客即歸午後

陣雨

十六日晴甲子

十七日晴

十八日晴逸山招同仲鄂芝圃少文梅卿丈晚飯聚談竟日案

牘而歸

十九日晴持齋客來均謝不見豈廿二歸寧

二十日雨至各署謝祝尤少文長誕而歸

二十一日雨

二十二日雨晚晴

二十三日晴隨班致祭武廟行禮祝馮chai業學使長誕順答

客而歸

二十四日雨

二十五日雨遣人至兩院稟安

二十六日寅刻詣　行宮隨班恭祝

皇上萬壽黎明禮成而歸

二十七日晴夜雨

二十八日晴赴署二十三號字

二十九日晴午刻微雨即止

三十日晴送張仲孚赴任鄭州楊鹿亭招同周琳平馮石卿成照荊

李鶴霄道子宜飯未刻散

七月

己卯朔陰涼風雲雷雨廟月朵行禮詣前院兩院臬安歸緒堂來

談午刻雨驟涼如深秋

初二日陰涼

初三日陰雨

初四日陰

初五日晴詣院稟見畊擇順謁善厚禧將軍而歸以十五號 諭

初六日晴至江蘇會館 兩院率文武公請善將軍 慶 辰刻散歸

巳子刻矣恭品錦稟

七夕晴詣 眼光廟行禮 順答客即歸

初八日晴

初九日晴 送吳夢岩赴永寧幕豫生姪同往學申韓業

初十日晴止院道人等安

十一日晴預祝直丹丞太夫人長誕賀陳六舟同年署藩篆何星

樵丈署闌歸道篆即歸

十二日晴 秋暑頗盛

十三日晴

十四日晴 發廿五號稟 午刻過節如例

十五日晴 眼光廟進香行禮 風雲雷雨廟月香行禮 詣前院兩院
稟安 順答客 雨歸 晚雨

十六日陰 戴誠字來談 夜晴 得十六號諭

十七日晴 得清卿丈六月十九日書

十八日晴

十九日晴

二十日晴

廿一日晴 先彌寺禮懺三壇 為先室何夫人二十周忌 晨詣寺禮佛

並赴王月園別駕入殮順答客即歸

廿二日晴 卯刻謙孫十歲受頂神戒 出門至會館 財神誕辰 行禮 飯而歸 巳刻雨

廿三日雨 何夫人二十周忌 懸像設祭 是日大雨淋漓 益增悲悶 雨止兩日驟涼乃穿袷衣

廿四日晴

廿五日晴 秋暑甚熾 申刻隨班謁見 歸已酉正矣

廿六日晴 [illegible]申刻 東嶽廟開光 致祭 豫東兄 貴洪兄 陳六兄 斌子兄 黃海兄 汪鼓兄 何君兄 董緒兄 同行禮 歸已酉刻矣 熱不可耐 夜電

廿七日雨 發廿七號稟

二十八日陰風涼　鹿中丞到省隨班至北門迎候酉刻進城抵寓已曛黑矣

二十九日陰隨班謁見於八旗會館午刻歸

八月

戊申朔陰　將軍廟月亦行禮畢詣院賀辰刻接印隨班謁見而歸

初二日雨陰悶不可耐

初三日沈陰如昨　中丞接印遣人謝步

初四日陰雨寅刻詣　文昌宮黎明隨班秋祭行禮又祭　倉聖祠行禮而歸

初五日陰時霽日光時有雨點隨班謁　見而歸　緒堂芸圃先後

來聆得十七號諭

初六日陰

初七日晴

初八日晴白露詣兩院賀而歸午雨

初九日雨

初十日雨

十一日雨

十二日晴得十六號諭

十三日晴

十四日晴詣院謁見[illegible]即歸（旁注：福建和帥生誕）

十五日晴詣各處賀即歸午雨

十六日雨　朕西北風有晴意夜月甚佳

十七日甲子晴　録經籍選文跋義稿本寫畢呈國齋

十八日晴　發卅八號家字

十九日陰

二十日晴　遣人詣院稟安得十九號諭

廿一日晴

廿二日晴

廿三日晴

廿四日晴　未刻隨班詣院賀五少君完姻散即歸

廿五日晴　遣人詣院稟安

廿六日晴　發廿九號稟

廿七日晴

廿八日晴

廿九日晴晚得二十二十一號諭

三十日晴發三十號家[illegible]擬於十月初三日自省起程取道濟甯

水路南歸[illegible]遲蘇杲[illegible]送乃差代寄來之

九月

戊寅朔晴 火神廟月[illegible]行禮畢詣呂祖閣求仙方詣院恆

班謁見散後過以利談而歸

初二日晴 王玉[illegible]招同恆賓年丈[illegible]秋圃玉[illegible][illegible]葉小舫陸鐵

橋午飯散已中刻矣晚偕碩卿招同秋圃緒堂潤衣少

源宮甫晚飯亥刻歸

初三日晴午前謁方伯暢談午後詣院送月報並遞字請假省親即歸

初四日晴與翰臣兄來寓督率家人收拾書籍登記名目於箱外貼記便於檢查也

初五日晴遣人詣院畀方思永交人領帖又王藍岑領帖於江蘇會館少坐即歸

初六日晴熱甚午後視斌子候太夫人壽誕遇蔡季英先生問其母疾答華紱卿黄酒樓晤部游園不值而歸

初七日晴賈湛田世妹來晤陸穆山同年來晤尤少文來晤

初八日晴發三十二號稟緒堂省三先後來晤

重九日晴得廷二十號 諭林厚齋來晤

初十日晴 詣院稟安 即歸 惡寒瘧戰擁卧 身熱汗出 似瘧而退 延梅卿丈診

立方 服之 骨節酸疼 竟夕不舒

十一日晴 仍延梅丈診

十二日晴 王植三來晤

十三日晴 孫蘊苓自京來晤 十年久別 千里忽臨 喜可知也 留榻寓齋

成方伯拜條屬餞行 以病者未赴 奉院文 善後報銷局委部將園

考稅局委何星垣 以廿二號諭

十四日晴 發三十二號稟

十五日晴 詣院 守之孚卸局務 回籍省親 順送豫東屏 明日行 祝馮學

使太夫人長誕 晤張逸山 華紳堂而歸

十六日晴 出北門 隨班送豫東屏廉訪左遷回京 順答客 俱不值而歸 蘊苓

亦於辰刻南行晚陰晤梅丈未晤

十七日陰得永之霞信云坐聞未有

十八日陰午晴芝圃有之先後來晤談卅三號稟

十九日晴得稚苑霞信

二十日晴出門答客謁和師談良久過煥之樂庭而歸

二十一日雨晚林厚齋招同梅卿丈逸山有之緒堂芝圃飯

二十二日雨梅丈芝圃招同逸山少文有之厚齋談於鑑園晚歸

二十三日陰逸山有之招同少文某田芝圃厚齋梅卿飯晚散歸途見星

似有晴意

二十四日晴霜降遣人至各署賀晚楷堂招同逸山厚齋有之毅吉梅丈

飯散已亥刻矣

二十五日晴。江蘇同鄉公請同晴舫、六舟、梅山、清士、慶甫飯，六舟、梅山、清士皆不至。申刻散歸。晚陰。

二十六日雨。詣風神廟、眼光廟、金龍四大王廟、火神廟、東嶽廟，進香。雨甚。道濟至會館飯。言子誕辰，行禮。至晚雨歸。

二十七日晴。李蒓客招同楊子經彥琳（己卯舉人）、[illegible]（卓[illegible]所用孫）於段[illegible]飯。[illegible]持霄席半。方玉徽後即歸。得廿三號諭。

二十八日晴。季文子厚招同遂山、少文、萊田，邑園飯談，竟日而散。

二十九日晴。行裝，詣呂祖閣、武廟、府縣城隍廟、朱大王廟、黃大王廟、栗大王廟、將軍廟進香。祀畢歸。午後玉八潘署各處皆行辭。子中、方伯、六舟觀察赴馮石卿招，同遂山、厚齋持霄肴三梅卿丈晚飯，散後即歸。

三十日晴。策騎至五雲蕃行，俱不值而歸。

十月

戊申朔。寅刻日食，辰刻復圓。詣兩院署行，即歸。陳煥之兄來，言車輛初四來不及，屬行趕緊覓雇車齊，即以晚方伯招同仙屏溫帥飯

初二日晴。過煥之，議定初九起身。永之自靈寶來，即七橋。晚赴方伯招同仙屏、持齋、筱伯、潤生、溫帥飯，散後即歸。

初三日晴。

初四日晴。以車輛不齊，未能成行。晚李芬來暢。

初五日晴。

初六日晴。發不列顛寄局書，遞蘇柏林送。

初七日晴。以行李箱件裝車十二輛，託李翰臣帶同奎彤、棠潤、崑

齡及於標緣軍十名並派送首友姚　先□晚舍我茶晤於囲

毅吉緒堂晚飯於董寓散後即歸

初八日晴陳煥之劉蔭階吴朴齋俱於晚間来寓下榻

初九日晴巳初出城節之酬庭海樓温甫毅吉蓋橋小山緒堂敬之送於

官廳張逸山范厚卿林厚甫省三送於旅店汪肖堂潘有壬李

彤卿王渭臣葉子俊徐秋屋陳將英戴建三吴少鏞狀伯綱龍其韶人吴步賢孫博菴孫伯申徐容齋

李蓉舟傅子苑臧子仙李肖坪李壽雲□□馬鍁毛佐臣馮仲玉陸約軒

送於途次秦子厚雅作甫雅綬五送於護城堤左魯青王露竹葉少

照易幼舫施介菴夏瑞五李采卿幼□秦花送於馬平綱□□丙利

抵陳留李松圃明府浩然東昆馬厚庵馬芸圃羅榆坪王卓峯

在彼候送晚飯與芸圃同館長談微雨

○○芳宇宇記佇卿祭馬遁

初十日陰。辰刻行，午刻抵杞縣，劉子蕃明府（衔慶，内丁出城），未正飯後即將

泥滑殊甚，戌刻抵榆湖鋪，饒雲卿刺史（拯颺）遣人迎候，遂宿

焉。洛車有一輛阻於杞縣頭處之，遣弁易雇車分裝押進

十一日陰晴。卯刻起，午刻飯後歇，晴，行三十五里至睢州，同城文武均在北門迎候，下

輿，趁進城，先答之。雲卿候見，於旅館談良久而去（攻葉琦出）

十二日陰。四鼓行，泥滑更甚，沮洳遍地，兼有窪潦，繞道而行，各車屢

陷，行五十里僅至小王集，柘城縣俞樾西明府壽穀遣人迎候，將車

至申刻始到，泥雪不散，遂宿焉。以李輔臣途次二書述自睢登

程遇雨艱難之狀。計今日始自柘城前進也（丙戌甲）

十三日晴。卯刻行，午刻抵柘城，館於鄴山書院。退，文武各署謝步，稍食未格，飯後行

薄暮抵馬坡宿，鹿邑兩楮宋魯瞻明府（斌炘）遣人迎候旅店，湫隘

則亦云二處本非通衢也戌刻行李各車始至陷濘者四車卸而復裝騾頭下岩執鞭皆賤工偶有泥濘動至跌失爲可慨也

十四日晴辰刻行四十五里午刻至亳州柳樹鋪宿於旅店船身淺小不能容載潞雇兩舟以載物件並爲同行者任君抵暮乃至張玉甫刺史持建遣

十五日晴（家大來寓）巳刻上船申刻位置粗畢寫（芸閣）雲卿樂庭張玉甫信分别專送遣人玉輅后來告别明早娶即回省矣船户曹天福揚州人謝明祥亦揚州人二船皆穩妥所定有竇竹坡許雪叁兩坊即對蓋經所謂官舫（俾於）過（擬）家官差使非挈眷歸里者所便也潞雇料理情形遣發各營紳練軍統勇弋什等各以錯羞（放）改樂庭芸閣雲卿穩兵秘書分别分帶寓去發家字託亳州馬君遞寓翰臣承姚升楊春等回省

十六日晴巳刻開行無風緯行三十里翟村寺汎泊汎官外委戴師海來

遣人持帖答之

十七日甲子 晴 黎明開行 午後挂帆行 戌刻渦陽城外泊 計程八十里 縣令符博九 兆鵬

廣東人 因公赴鳳陽府 城守千總劉 慶成 來船 夜已深 未晤

十八日 晴 縴行竟日 二十五里 高樓寨下泊 仍渦陽縣境

十九日 陰 午後晴 縴行 時張帆 風不得力 五十五里 抵蒙城縣城外泊 知縣陳鏞廷

宏勳 湖南人

二十日 陰 辰刻縴行 酉刻 計三十五里 双澗集 尚蒙城縣境

二十一日 晴 黎明行 時縴時帆 四十五里 龍亢集 有巡檢駐紮 泊懷遠 主簿駐焉

二十二日 晴 行 晚懷遠城外泊 主簿湯雪江 潔 來 未晤 遣人答之 上元人 夜雨

二十三日 晴 懷遠令孫蔭棠 承福 遣人來 即答之 長淮水軍右營帶官吳殿臣 占元

派撥砲船前頭開出淮河口 時已午正 泊焉

哨官外委劉占元

哨官守備署參平先趨
帶弁千總李光華

二十四日晴五鼓行帆縴兼施九十里至臨淮關泊已曛黑矣鳳陽縣境

二十五日陰东北風緊溜晨過關泊舟人以風大不行實則買物也

二十六日陰午後雨守風泊

二十七日陰雨东風更大仍泊

二十八日微晴仍东風午後少殺申刻開行挂帆搶風行二十五里戌刻至毛家灘泊仍鳳陽境

二十九日嫩晴北風戧風而行六十五里五河縣泊之五河口長淮水師營營官李幹臣國棟派炮船來更換一路水大村舍牆垣水痕及半積水尚未退涸渾波浩淼一望無際年麥苗蔥茂小民尚稱安謐

三十日晴東北風甚船無開者午刻風稍殺戧風行二十里馬流集泊沭陽縣境夜雨或有轉風之望

换舩船

换舩船 行三十里 宿花

十一月

戊寅朔陰微雨仍東北風行四十里申初刻抵進清撞帆行又六十里戌初刻盱眙岸泊

盱眙浩河岸境淮河北岸多江蘇境南岸則皖境也

初二日黎明西南風挂帆行陰旋見嫩晴午刻六十里抵盱眙山下小泊又行六十里

初三日晴守風泊午後登山周覽山勢北峙湖心南亘盱眙天長六合為江淮之障

老爺山泊有都司署駐山上山有都司署道光年間自泗陽營移駐此山

限北望湖波縹渺浩水平曠杳無垠堮湖之北為徐州府銅山桃源地自

黄河從雲梯關入海與淮爭入海之道河水挾沙停淤漸成平陸今河

水北趨該處遂為可耕之地二十年來設湖團同知一員其地接連昔

年地東北六十里曰高梁澗入為達洪江之路

初四日晴舟子不肯開午後登山望湖中帆檣如織波平如鏡唤曹天福開導

中飭良久

初五日晴東南風四鼓開行巳刻進（六十里）高梁閘未刻（風轉東北六十里）抵彭家馬頭小泊永之諸君二

舟在次換船坐船先行申正過三閘酉正抵清河扣城下泊鈕李金城

同治初新築城垣（四隅）庚申（正月）計偕北上自王營折回泊舟驛前黎明人

聲鼎沸岸上老幼男女如蟻仰觀順流而下至今二十四年矣

初六日晴黃家營至清河扣排遲申正永之諸君船到即開行（東北風）三十里淮

城泊遣人為王晴舫送致劉雲樵信

初七日晴黎明開行掛帆六十里午刻抵寶應扣小南門泊遣人送陳六舟信朱勞白來船

暢談並取去陳宦件去後又遣人答之並有致朱（申）甫又掛帆行四十里

汜水泊

初八日晴東南風縴行九十六里高郵州北門泊寄六舟壽甫芝圃樂庭信託郵州署

排遣河南藩稅總局

初九日晴 東南風緯行三十里至三十里鋪小泊 謁貞烈露筋祠 瞻拜庭下 壁間石刻甚多 碑始成化年間 廟經重修 煥然一新 返舟挂帆行 酉刻六十里邵伯鎮泊

初十日晴 早行六十里抵揚州泊 申刻湖末又行二十里泊

十一日黎明霧 日出始開行 四十里抵瓜州江口 申刻渡江十里至金山港泊南岸 夜月甚皎

十二日晴 黎明開行 沿江而東 過焦山 渡黃天蕩 進丹徒口小泊 卸大桅 午刻進文昌橋小泊 西北風挂帆行 戌刻丹陽城外泊 行九十里

夜眠船穩

十三日晴 挂帆行四十里抵呂城小泊 偕永之訪故友李瀨川於阜興當鋪 瀨

川明醫術少佳即解舟行五十五里酉刻抵常州泊作家書交夜航船寄蘇

十四日晴挂帆行風甚微[illegible]酉刻抵黃埠墩一登覽焉即返舟至南門泊是日行九十五里

十五日晴四鼓行順風九十里午刻至山塘在茂林花市小泊雜頭買花數本載以進桐橋浜繞至北濠抵太子碼頭泊岸已酉刻矣王夢薇來船暢談永之先回伊家文濤小雲來船偕回城

十六日晴黎明即赴候永之來船與文濤小雲定費行李押送行事宜即登岸辰正抵家叩見 大人於三松堂神采煥潤鬚髮皓然步履輕前為遊歸計不為早矣 神 祠行禮各處補行道喜接見畢兒媳等亦到 十年中添增人口不下二十名口不能徧認識

細閲也。晚收李行李，齋吳冠英、錢蘊芩、楊稚澂、靜海軒、春若來晤。

十七日，晴。檢點行李并書箱等，暫度西溪書樓。春若來，菊生來，夜訪宋如真晤談而歸。

十八日，晴。步訪賓生，晤滕勝謝金江蓋庭，來談，留酌晚而去。

十九日，陰。詣莊衍祺畢，過譜琴、怡琴、鈕蒼、陸孝友、江三有，並緣並文總謙益，晤四妹父母，過譜琴坐晤，蘇見於三有，桐見於家，餘偶不值而歸。

二十日，陰。午刻賓生招同冠英、蘊芩、春舫兩弟飯，五簋八碟，頗有真味，甚歡而散。偕春弟訪穆如泉診脉，即歸。仙根、夢齡來晤，微雨入夜。致戚子中、叔申方伯、劉毅吉、黃海樓、董緒堂、何肖三、馮竹國、沈竹詒，左書李福臣、陳鴻漸、徐張李芥等信，分四緣家人與并等分

別帶豫

二十一日陰。詣綏三妹處前摘纓青長袍褂行禮。晤寅弟、又拜吳廣菴太夫人前日錢帖，行禮，順拜答，歸，飯。錫三來，晤。

二十二日晴。客來，晤者不備書。晚祀先，行禮。十年不在家，中情形一變。胡子肅先生自省來，訂為兩孙(孫)榜課也，晚請諸師暨吳冠翁同飯。

二十三日晴。冬至。晨神佛祠堂各行禮。大人前行禮，出門詣莊行禮，各署賀冬。親到拔劃俱未請見。賀汪曙民弟三子續娶，詣通，並晤滬之、又玉曹家巷穆少崖親，初次接劃也。晚請諸師並邀吳冠翁晚飯，接紱静翁處早冠翁先飯，言明邑舟中延經處已成劃矣。

二十四日雨。拜吳潤齋七兄，餘座答陳子吉、慶祥趙菊生、摩烈、邁法秋勝、迪普皆不值，即歸。前輩上程康生、吳朴齋、承之姪來，晤。

二十五日晴 胡上舫[illegible]雨[illegible]

二十六日晴 玉師林寺拜绂庭三妹安靈 遇陶氏振氏平如及適出踏弟飯後

歸

二十七日晴

二十八日晴 過蔡灘府答九舅甫先甲 過謹益晤松兄筱兄桐兄答蓉士荃錢

伊臣 瀾者 偶來晤赴孤春名招爲折閲事散後歸

二十九日晴 晚淞雨永、松來晤何吾卿黄芸舫洪文卿先後來晤步至塔兒

巷寶積寺拜湘如男姪一周少坐晤仰 彌羅寶閣 順訪程錦泉

三日赴滬上不值而歸夜浴

十二月

丁未朔晴 詣松鱗莊行禮畢 拜戴子載先生成晤延訂明歲安硯散座課孫兒

兩孫讀 歸後所送聘書 晚寅生招同洪柳波師晚飯

初二日晴。俞如瀛來晤，戴子裁先生來晤。

初三日晴。自花橋下登舟，出閶門，過萬成晤培之、姊、劉內姊、旭堂姊、仁丈弟及

諸友少坐。朱月峯鳳桂、劉門姊適進城，未晤。訪萬祿山。祭閑齋公

墓。返舟，巳午正矣。申初，訪雜宜山，祭貢湖公墓。返舟，渡上崦，訪蔚世

庶祖母高宜人祠，行禮。晤程學圃談，宿祠屋。

初四日陰。黎明即起，同學圃步登寺崦嶺公墓，座周視，訪何嘉楷，祭

敎九公墓。訪張家瀾，祭御賢公墓于大畝頭，祭何夫人墓畢，並詣

兒曆所窆兒殯所，上香畢，詣先姊父母墓，順謁王尚三夫人、椒弟夫人

墓行禮。秋谷弟墓設祭，行禮畢。樸齋來草堂留飯。申初小卿來

草堂，晤即赴鎮，同出山，過小卿家少坐，別後即登舟，放至三益堂

登堂，過光福寺，晤仰印乃，過祥受之，已提，晤少坐，止祥上人建

五少坐即同苹園過舟仍宿祠堂

初五日陰黎明苹園收拾冊牛即赴同登舟由蘭舟渡出行春橋泊綠畝（渡石湖是由關帥讓）

山祭三松公墓畢周視見王幼枝新葬墓於西首亦新築墓於河

東踏歷尺相地也偕同苹園步登山至金沙菴一眺望循徑而歸已抵

暮矣宿綠畝山房

初六日黎明登舟陰至下周村祭外舅外姑墓畢四望至高嶺周視一過即

行未刻抵大日暉橋外至程苹園同行登岸歷大日暉橋萬年橋進胥門雨作經來

遠橋至養育巷過麟生三兄館中託喚轎而歸本與苹園約明晨

青晏聖帝廟瞻仰後殿工程途中雨阻也

初七日陰晚非所自王宅歸

臘八日晴詣各廟進香巳刻歸春弟招同吳蔚若劉庭金

秉煊

秦芍舲

佩鶴吟蒸飯菜肴精潔中散

初九日晴偕春弟步至瑞蓮菴訪吴蔚若尊恵十周徧歷精舍住持僧靚塘上人鑑中之徒也即歸秦寅士來晤

初十日晴晚過俞如其瀛不值晤伯淵而歸以芝圖書夜徵囊

十一日晴答客過伯寅晤赴仙根姪招同李子厚秦吟蒸飯申刻歸以豫產食物四種寄張師母託笙峯帶去

十二日晴貝康侯款客晉貝招同蔚若玉苟春畸飯寓小飲並同菊生硯農此飯散後即歸晚飯

十三日晴過霞客見晤並答客過伯寅晤赴吴子實蔚若招同許之幹（晨送主峯和竹蓮上人赴上經館四步出門）洪文卿趙菊生貝康侯飯于和同堂散後小作迴翔而歸晚步至寓喜晤談即歸

十四日陰顧子山丈彭訥生丈月康侯親家同招怡園早坐主人尚未到候有頃子山丈出暢談至午初先行出園康侯偕到余遂行赴寅生招陪洪帥並晚飯而歸

十五日晴輝偕行聘吳劉庭姝丈之女午刻四盤飯後賀秦佩鶴錫赴韜林廟候祭　祖少禮晚飯而歸

十六日陰四姊招陪任筱沅黃幼亭洪文卿彭南屏吳蔚若飯中刻散過鄧庵暢談傍晚赴任筱沅招同黃幼亭俞子華惲季文晚飯戌刻散歸

十七日陰

十八日陰晨過胡子甫先生解館回籍

十九日陰雨晚有晴意過程筠泉祈脈立方過譜琴暢答潘心友同

年吳文叔明府不晤，遇謙益修羅臣姪玉祥符寺扫祁韻初太

恩領帖而歸。晚芍舲、韶臣、木春、晴帆弟偕同至芍符生、蔡生小飲

而去

二十日　晴。偕春弟過張厚卿守望、江棠初啟墺，晤，並晤亮卿子佩。歸途經怡新義莊叩門而入，周覽而歸。晚過秦芍舲，晤。

二十一日　晴。晚步至顧山輝棧，訪晤汪藎庭，晤將好館矣，而後番餅大衍。昨有出票以急需見商也，少坐與繆　同談，歸途遇文卿表妹於其元汜提莊，邀入少談，有頃而歸

二十二日　晴。秦寶生來，有所商。晚往晤，以百餅致之，歸已抵暮矣。夜飯與春弟至倉場同酌

二十三日　晴。過吳語樵、文賀，拜陳培之明日安靈，吳誠吾領帖而歸。夜

祭竈如例

二十四日晴五更即起天明吳宅粧奩巳刻發轎午刻結親申刻祭祖

癸生姪与吳劉亭妹丈家孫女合巹即見禮畢酉刻待新

人戌刻禮成子正始得睡

二十五日陰

二十六日陰雨見抄成子中方伯升河督所遺藩篆放孫鳳翔映蔚子山

文來談

二十七日陰雨癸生姪夫婦雙歸　刻去　刻回是日請趙丈令孫剃頭　刻余

往賀即歸得濟甯州朱石泉同年信並寄四二十四號論

二十八日陰雨復胡子肅書

小除夕陰雨夜有晴意送彭泳如清士大斂即歸

除夕陰晚晴　料檢俗事　歲亂頻耗　午刻上供　夜燬　守如例

光緒十年甲申

正月建丙寅

元旦丁丑陰晨起 天地神佛 喜容前行禮 嚴親前叩賀赴
松鱗行禮叔重踵至少坐偕至吳語樵丈處歸途至中和
拜影而返飯後出門至存誠留餘通也敏德繹勤蘊綠贊敬
燕譽其姪名[寶善]宜拜影順道賀年歸已晡刻矣夜雪
初二日雪花飛舞可喜也[午後止]至謙益三有三餘孝友各處行禮過陳小
松時春弟踵至因留共飯飯後多路賀年■至晚而歸
初三日陰橫塘園友朱月峯培之妹劍門妹 妹來留飯而去散後偕
春疇弟小步觀前雨借蓋而歸晚目彙燕楂倩求仰春楂過門
晚飯送客出門雪大如掌矣

初四日陰積雪二寸許

初五日陰祠堂恭收 喜容連日頗寒

初六日雪出門至東城賀年晤宗梅若洪蔭芝雪后大玉龍飛舞空光搖銀海

乃歸

人日雪積三寸許出飄飄霏霏也入夜積尺許矣

初八日立春晨同春疇弟出至馬軍衙口登舟出閶門巳刻抵橫塘邀查禾

刻濟之弟來舍同飯申刻拍畢仍泛舟回城晚時抵花橋堍登岸已

暮色蒼然矣夜月色有暈

初九日陰午刻春疇弟邀同吳蔚之(秦氏三甥)昆仲及帳友諸兄弟姊姪飯酬飲而散偕三甥同

往寶善談晚飯而歸

初十日晴午後出門祝吳劉庭妹丈杭儼四十雙壽筋趙舉之補祝程雲泉孫寶琛昨

日六十壽，又過戴子載，未晤而歸。命謙孫隨同妹壻偕秦氏三甥暨年玉、江子佩、蔡中石、洪柳波、李孫勝諸及門為先生祝壽也。詒棠兩兒早故，命謙等以小門生附名於後，愴然記之。

十一日晴，出門拜年，為伯母三周於靜心庵，并至盤門一路賀年，晤何星卿、恒正伯，寅晤而歸。

十二日晴，戴子載先生成蘭塾，洪柳波、胡介稷兩先生亦於是日開塾，午刻招三師、二戴附徒（一松翊華，一玉珊枝）同飯。飯後一步池上，晚仍去訪十兮咲笑也。

十三日晴，踏凍至寶積寺拜味琴叠十冥誕，日光融雪，簷溜淋浪，衢泥而歸。汪荃庭來，留與玉春頑醵飲，散後即去。夜上燈果如例，為仍歇俗也。

十四日晴

蘇州博物館藏晚清名人日記稿本叢刊

至雅宜山到二十一人禮成出長庚橋天晴風順午刻至萬祿山到二十 人禮成詣祖塋設祭畢返舟取道蔚洲渡出行春橋返石湖出越來溪橋張午橋至 曾大父母墓申刻甲祭掃禮成到十六人禮成回棧晡刻返橫塘戌正抵家十數年來未有之事後亦不以為例也

二十八日晴俞如瀛來談

二十九日晴命孫輩為家兒設祭六年一瞬逝者如斯能無愴然天氣鬱熱

四月

乙丑巳朔晴步詣松鱗里有頃偕磨生兄訪益庭談乃歸午刻疏雨即止溽煖如昨

一八六六

初二日陰午晴

初三日晴過通如訪吳誼卿賠又過仙根賠賀汪耕餘觀察令郎入休

甯孚齋過吳又樂太夫人領帖而歸

初四日晴飲茶村東北湖汪益庭來賠拉同小步若溪晚歸

初五日晴

初六日晴邀棠茹健生兩姊壻茶磨春晴並接鄭卓如登泛舟山塘至龍壽山房

看元僧血書法華經乃至花市登山至塔下返舟過劉園至晚迴棹泊

渡口晚飯歸已亥刻矣

初七日陰午後至貢院經辟疆園小坐雨已淋浪俟稍止至甯興笠峯

孫竹茶話即歸臥

初八日陰四鼓送考五名回寓偃臥至辰刻睡醒而歸

上元晴詣松鱗行禮遇費芸舫不值而歸蘇生兄來薦唐少棠甥（繼熙）到

莊以湯養田告退遂需人也陳月峯自橫來聆奉嚴親諭以家

事煩瑣於今年起命代經理並屬觀保為莊正介祉為莊副代

加掌莊事宜服勞之義無可辭却惟有謹慎存心而已

十六日陰出門拜程臥雲太親翁八十賓誕即歸午刻恭收 喜容如例

十七日陰偕春疇姊壻少園諸弟秦三甥仰春姪赴何賦枚招伊岳叢

芝生同陪晚歸 三甥來晚飯而去

十八日晴午刻趙菊生貝黨英招談飛觴而歸

十九日晴陰辰刻過如瀛略談而歸雨刻許即止

二十日晴張玉峯蕭仰竹吳敏時自蘇來開館午刻請先生二席邀往

燕庭胡孟魯介稷戴子裁諸师秦芍舲佩鶴韶臣何賦枚（不至）

七

三門飯於須靜齋

二十一日晴。拜胡岫雲太夫人，領帖。答趙价人暟於因果巷口和置花鋪樓上弄眠居

東王晉卿亦常熟人也。歸，步赴貝康侯招，談，晚飯而歸。

二十二日陰。拜紱三姊周年於師林寺，飯而歸。胡子青自蘇來，訪沈蓀卿姪

壻，翰安讀借暫楊书房。夜同三弟、大姪魁、王峯孫、竹馥士与同小飲暢談

深昏而散。

二十三日雨

二十四日陰。過仙根、睦詒、松鱗、洪柳波，師陶席散，先行。答吳曉滄中彥，不

值。過椿岩，睦而歸。新常鎮道陳少希欽銘來，不值。道人玉書馬頭

賀答

二十五日陰

二十六日陰

二十七日晴答潘壽祺、王騁之、祖珍，皆太倉人，餞於佑之甫田處。順過譜琴，賀彭菊号女、吴蔚若弟妹兩郎生嫁娶於吴鑑庵夫人。午飯於寶積寺而歸。沈旭初、玉麟來晤。

二十八日晴過貝康侯談晚歸

二十九日晴

三十日晴

二月

丁未朔晴詣松鱗，巳刻赴洪文卿招飯，談至上燈而歸。

初二日晴紫陽書院甄别

初三日晴康侯招同文卿談，晚雨，笠屐而歸。

初四日雨

初五日雨午刻柳波招同宋生甥查子佩照年泉孙芍舲佩雀韶臣飯於淮海廚中席散即歸

初六日陰西北風偕学圃泛小舟訪萬禄山赶宜山居基泛東崦已昏黑矣詣鐵东祠宿

初七日晴与学圃步入山居河梅張家㵎大畝頭諸墓行禮並謁外父墓梯夫人墓至三夫人（甚秋弟墓）詣兒居西棠兒殯旧自步至㵎上舟已抵㵎即返舟順流而歸午抵木瀆飯至横[illegible]大岩赤晚又至[illegible]居宗芑墓經九曲港夜宿横塘

初八日晴晨泛石湖訪張梅墓即回棧午正至嫂梅墳已刻至胥門過抵閶門學圃步訪西棧晤執事而歸春晴弟赴申

初九日雨

初十日雨又兼雪答子静姪往過胡子肅晤 佑安晤過仙根遇幼汀姪得

子蘿頭即授其湯佩會話莊是日童生會課少坐即歸

十一日晴仰春招酌齋中訪師去年婚禮未与喜筵也

十二日晴晨過如瀛午過蘊荃並晤

十三日晴棠歸來雉孫隨同九弟妹至光福謁墓

十四日陰午晴偕淮海訪錫過西棧小飲歸途過佑之招晤並晤聘之談

至夜踏月而歸

十五日晴詣松鱗已刻歸午後與芍韶雨錫以膠舟邀同伊友馬紫軒

泛山塘過花市並至周文襄公祠張忠敏公祠均小有池臺宜於

賞荷幽徑曲折清曠因憩於張也晡刻進城步過添興晚飯

雨歸

十六日晴晨過嬴卯同過養吾談良久歸已晌午矣策掃雉孫甫墓畢

歸

十七日晴偕玉荀步玉瑞蓮菴拜王幼樵夫人歲引下鄉昨修和上少坐

即歸前吉人自湘來昭留共晚飯而散去

十八日甲子晴步玉師林拜竹格三伯九十冥誕少坐即歸午後步過茶磨談

笏翁偕鳴硯庭先在同覓吉寄小酌歸已睡矣夜微雨

十九日乙丑陰各廟進年香本境完天竺各處以神畢過盛家帶弔九南

瑩領帖而歸歸雨作矣

二十日晴康侯邀談晚歸

二十一日晴春寒如昨康侯邀同李玉瑩黄伯紹談晚歸雨於玉太原

二十二日陰滌禪丈來晤午後晴步訪蘊苓京侯談至晚不值即歸

二十三日晴午後步訪蘊苓不值而歸

二十四日晴春疇第四十誕辰晚月中四

二十五日雨

二十六日雨午後有晴意晚過芸舫不值過仙根談而歸

二十七日陰晴錯步至萼庭館中以詩詞稿託鑒定並招春畦太姻丈談而歸

二十八日晴三妹許与欣鹿鳴來別傳红晚如瀛來談平江書院甄別中梧俱与焉

二十九日辰雨旋晴仍陰

三月

丙子朔晴詣莊行禮賀貝康侯令郎桑春圃令媛納徵谷許星臺康
訪丈劉門投刺過伯寅賀吳仲韡納徵歸已午正矣晚至
試院考寓送妹壻申仰春姪應覺咢試与益魯介稷玉尚及許師
談並過貝偉如令郎吳劉庭令郎寓五鼓候點名又接卷
將返寓小睡天已微明歸卧
初二日晴晡刻至寓接考者早小睡片時復出過金伯卿毓桂主僕并晌
酉刻放頭牌坐吳淞題桑肥馬玉驊為臣室一枝紅么出猶未
因許師玉尚歸晚飯已亥刻矣卧
初三日晴四更茶磨末飯後同之蒲蓑巷葉師蓬訪從不遇少入
怡園茶話至晚而歸
初四日雨過葉如劍

初五日雨過節如例初覆粜叢甡重六仰春十二初七進霞

初六日陰午後晴酉刻至錢院聽雨

初七日晴五鼓接眷後回寓卧日出乃歸

初八日晴再霞渠勞妹重五仰春十六

初九日晴掃彭訥生年伯母出殯即歸飯後同小霞步至屏卿過茂林

訪陳燦之甥西甥鮑遇西知州坐間赴豫談有頃歸途過西

機小飲吃點而歸天煖甚驟耳塞澌面

初十日晴煖晚同妹重仰春至老棧吃點乃過玉寓過吳履安貝　寄晚

飯後與年蔚如來寓同小雲談中夜歸寢

十一日陰寒五更雨開霽接眷後過借蔚如與年歸抵家天甫明

雨竟日夕春寒甚峭

十二日陰雨旋止五鼓率姪婿出場黎明歸家業師河南信科侯鵬海

煥之來分與帶去

十三日晴賀貝康侯次子武安婚至晚而歸

十四日晴午後步至城南遊結草庵住持僧名泉齋內外黃埭沈姓年六十七如五十許人又過滄浪亭瞻仰五百名賢像小坐啜茗而歸來

風頗峭時有疏雨夜有月色春寒又峭

十五日晴陰詣莊偕弟姪陳設祭品飯後歸般譜經丈自畫禪寺送引歸

葬吳江姑一切即行

十六日卯刻詣莊霧重如煙辰刻日出霧散午初禮畢飲福而歸

天又驟暖

十七日陰陳駿生姪婿其鑣同二姪女自湖北旋歸

十八日晴

十九日陰同学圃詣鏤梧晉娛公邊塘莊家灣敦吉公墓塔影浜維倩公墓

祭埽順過汪杏春姑丈母墓扂墓道至宜振堂墓丙寅周視此邊族姪孫生

祥生之曾祖枚厂公墓三杈子5枚厂公曾有醵倡訪葛以路久不通

聞余皆於中見小坪弟吉先任汜水典史詢係同族小坪之兄曰小卿父

曰小坪由旋小坪故小卿之母亦故二坪妹倜室尚在蘇人青年守節

今亦五十許矣勸其扶柩歸葬並為由学圃為之料理卜地安葬新墓

故往勘視中刻歸細雨又至

二十日陰

二十一日晴步至倉米巷隆慶庵拜外姑二十周年吃齋而歸

二十二日陰

二十三日陰雨

二十四日陰即晴 大人率敦睦兩弟至先福因草堂又有被竊之事 宵小

日多 鄉山中如此大可慨也

二十五日晴 卯刻偕春弟暉鄴兩姪謀松登舟至先福春日初長申刻泊

墓屋門前

二十六日晴 辰刻祭 先大父母並吾 母墓 碑成 始補之 妹丈墓即至願字

山祭埽畢 並至桃坡 大人墓一行 還至吃飯 飯後偕兩弟兩姪

謀松遊趣聖恩寺 主僧諾[illegible]出晤 以見[illegible]鄰鐘 並以拓本一橫

幅見貽 並設茗點 觀石[illegible] 遂遊觀真假石[illegible]出 周歷而出 遂出劍門循途歸墓

屋 族人陸續而至[illegible]大雷雨（計有五十二人 自[illegible]字行至[illegible]字行 凡五[illegible]）

二十七日陰 卯刻祭河東橋墓 碑成 歸舟 黑雲如墨 風勢頗惡 渡西崦

至雅宜山到二十一人祇成出長庚橋天晴風順午刻至萬禄山到

二十 人禮成詣祖塋設祭畢返舟取道蘭洲渡出行春橋

返石湖出越來溪橋張午橋至[illegible] 曾大父母墓申刻日祭埽禮成

到十八人祇成四棧脯刻返橫塘戌正抵家十數年來未有之事

後亦不以為例也

二十八日晴俞如瀛來晤

二十九日晴命孫聿為宗兒設祭六年一瞬逝者如斯能無愴然天

氣驟熱

四月

乙丑巳朔晴步詣松鱗堂有頃偕馨生兄訪益庭姪乃歸午刻驟雨

即止臻煖如昨

初二日陰午晴

初三日晴過通芷訪吳誼卿談又過仙根談賀汪耕餘觀察令郎入休甯學并過吳又樂太夫人領帖而歸

初四日晴飲茶村來訪邀汪芝庭來談偕同小步若洪晚歸

初五日晴

初六日晴邀棠茹進生兩姪婿茶磨春暘並梅鄂与兩姪泛舟山塘至龍壽山房看元僧血書法華經乃至花市登山至塔下返舟過劉園至晚迴棹泊渡口晚飯歸已亥刻矣

初七日陰午後至貢院經解驪園小坐雨已淋浪俟稍止至寓與望羣孫竹茶話即歸臥

初八日陰四鼓送考至各場回寓臥至辰刻睡醒而歸

初九日晴

初十日晴　四叔父生忌上供行禮飯後過沈旭初不值訪穀棣園年丈

往浙紹會館唱演崑腔如聞古音亥刻散歸

十一日晴　四叔母生忌上供行禮飯後携樸被泛輕舟至萬成叔〻印

次小窗臨水時得雅趣夜卧看月

十二日晴

十三日晴午後雨晚晴　家孫孫孙傳染風疹

十四日陰晴錯潮蒸滑膩頗甚黃霉

十五日晴謁三鄉廟城隍廟橫塘橋觀音菩薩前行香仍回店

十六日陰晚雨徹夜

十七日雨絲甚密辰刻出莫承裝船回城巳刻抵家晚偕孙竹笙

峯兩先生小飲，遂至考寓小坐而歸

十八日　晴。趙次侯宗建來談，良久而去

十九日　陰。拜朱玉圃年丈，留帖，飯後散歸

二十日　陰。昨玉亟禪寺拜文菉子卅周

二十一日　晴。玉東虚大姪女贅婿屈友梅承樾，成新禮，戌正門，晨至敬德賀，硬姪

之女贅婿即歸

二十二日　晴

二十三日　晴

二十四日　晴

二十五日　晴

二十六日　晴。答客賀寶穀姪以子承典留館第一，并行冠禮，謁琴和甫，拜汪芋

安表招及生者人舉箕逕麐元館中時至滄浪亭（癸卯年伯）許晉臺姚孝

士楊敬甫彭訥生舉行圖招　老人余陞年（兄甲）妹乃招到者（錢玉春兩年）五四時讌串錢

君研輝趙彌世兄訥文之孫星文之孫共四席至晚時散微雨至居善

局拜黃吉甫舉案

二十七日陰

二十八日陰

二十九日晴

三十日晴

五月

乙亥朔晨詣松鶴行禮即歸晚至考寓宿焉

初二日黎明候點名接卷僧四寄少竹閱出門砲而歸至是而知府試

殘矣

初三日晴

初四日晴

初五日晴 午後偕芍舲同游怡園小飲 源興樓吃炒麪而歸 夜雨

初六日陰晴 訪甫屏 招同康侯、澄之、平如、善夫、玉春研來談 於角山南樹 然後歸

初七日陰

初八日晨微雨 午後晴 步出齊門至西匯 觀鄉人出會 歸途游執政園 至晚而歸

初九日晴

初十日晴 晚過陶平如 不值而歸 微雨即止

十一日晴

十二日晴 同庚侯屈吉士兩就家徐受之謙 永之姪 朱祝卿 吉 汪振民 陶平如 小雅
麐生 丙兄 泉孫 洪杉 吳生 吳刻亭 汪銅士 吳季卿 同棠 葵溪 驗生
屈友梅 諸亦林 秦竹舫 何賦梅 四謝西席 為趙四席 與 蕭功竹
蓮士 胡孟魯 仆稷 戴子戩 吳之士諸西席 及和浴畔 同坐 申刻即散 耶樣國
任稼沅 耶丈 均到門
十三日晴 武帝聖誕 往祭行禮畢 出門至西 答客 晤程數岳江
銅士來歸
十四日晴
十五日晴 詣松鶴行禮 並過茶磨庭於耶氏館中暢談而歸
十六日晴 至東路南路 拜伯雲妹三周於祇園菴 並晤晉卿
妹丈來歸 午後雨

十七日晴 屈吉人泰浩招同王蓮卿銘吉 沈蔭卿玉春兩弟飯未刻散歸

十八日晴 過瑩西談晚歸

十九日晴 過春岩談晚歸

二十日晴

廿一日晴

廿二日陰 甘雨應時可喜也 康侯招同陸壽生二弟談

廿三日晴 康侯又招談

廿四日陰

廿五日陰 在慕衣真人殿 天后閣[illegible]事酬 神 晨往拜吳谷呂[illegible]庭芷

類斗於任文宅中謁四[illegible]不值 旋旋仍回觀中 招錫侯弟同飯談久

久乃去 晚趨事 祀成出歸

廿六日晴

廿七日晴　趙价人來談留飯[illegible]卿先答之不值歸途遇蘅初適滔高春

弟在坐與亮卿同談後歸

廿八日晴　四姊母忌辰行禮申刻泛舟至橫塘

廿九日雨　住在店

閏月

甲辰朔雨秋水優漲可喜也

初二日陰晴錯

初三日雨

初四日微晴　錦山姊到店　得仰春姪信知九弟妹病歿已多日

初五日晴　午後自橫回城

初六日晴 過萌耕未晤談歸飯

初七日陰 過崇初亮卿談 午後雨 晚歸

初八日晴

初九日晴

初十日晴

十一日晴

十二日晴 祝畢孫帆表母舅妗七旬雙壽 晚飯後歸

十三日晴

十四日晴

十五日晴 詣松鱗行禮即[illegible]

十六日晴

十七日陰偕鋤山妹同舟至橫塘

十八日雨

十九日晴飯後自橫塘歸延汪手坡診 洛兒重舌用清風起消痰之劑

二十日晴

二十一日甲子晴賀通甫承典捐知州談飯後過沈旭初不晤而歸

二十二日陰午過孫稚丈少頃陣雨大作飯後乃歸

二十三日晴過康侯同堯卿玉筍談

二十四日晴陰陣雨晚晴

二十五日晴蓀廬松岡文卿誼卿談晚過賦枚不值而歸

二十六日晴陣雨

二十七日陰初伏

二十八日陣雨時作

二十九日陰連日過蕭江談

六月

癸酉朔陰晴錯暑詣圻鋪行禮答　鈺吉賀肄　楊卿拔貢

之喜而歸譜琴康侯先後來謁　大人行談有頃去康侯

偕同桃少穫　玉年談晚歸

初二日晴邵玉圻來蓀安招同谊卿鄂秋亭桂蓀談晚歸

初三日雨過蕓初同春晴中湘帆談亦心散

初四日晴

初五日晴

初六日晴麟生兄來飯於池上

初七日晴 過堯卿談晚歸

初八日晴 初伏

初九日晴熱

初十日晴熱

十一日晴熱

十二日晴熱 蓀安招同賞初月閒談

十三日

十四日

十五日晴 詣松鱗行禮即歸

十六日晴

十七日晴

十八日晴

十九日晴晨至佛慧禪院清游半日屬老僧寶泉備齋四盂飯後歸

二十日晴

二十一日雨

二十二日雨

二十三日雨

二十四日晴

二十五日晴

二十六日晴

二十七日晴

二十八日晴

二十九日晴

三十日雨

七月

癸卯朔雨詣莊行禮即歸

初二日

初三日晴秋暑甚熾蕃穀姪大斂往唁而歸

初四日

初五日

初六日晴吳引之招彭子山蔣心香彭訥生任小沅吳語樵諸丈余因勝法午集申散（山七老舍）（大八爺代）

初七日晴

初八日晴

初九日　晴　明穀往大斂，唁即歸

初十日　晴

十一日　晴　秋谷弟三周，延師禮懺，晨往，晚而歸

十二日　晴

十三日　晴

十四日　晴　過節祀先如禮

中元節　晴

十六日　晴　泛舟橫塘，晚自胥江步歸

十七日　晴　送洪太姑母大斂，未刻歸

十八日　晴　晨至佛慈菴禮懺，拜彭子方欽帖而歸，晚又至佛慈候瑜伽焰口

峯果子初歸

十九日晴先母八十冥誕在大庭恭血　喜容竟日客來者唯玉釵𡟪友晚
恭收　喜容
二十日晨雨旋霽日光仍是秋黄墨景象大三妹自嶽來賠
二十一日陰東南路胙家賠語與文仙胙三家餘親到门叔季弟至西南路胙家
記
二十二日陰往汪俊民夫人三周三官堂禮懺隨往並過四妹胙而歸
廿三日晴甲子金奎日晚淋雨
廿四日陰
廿五日陰晴錯
廿六日晴旋陰過竟卿同雪舫淋帆談
廿七日晴過何寅臣病喘而腫可慮也

廿八日晴 挥於雪林同睹於許壽民司馬設奠於寶積寺

廿九日晴 何寅臣病故，即往看視，斂身殮者已備，午刻偕小雲至源興飯而歸

八月

壬申朔晴 訪莊答扛雪不值而歸

初二日晴 貝康侯六十慶壽，往祝而趨，竟日夜，微雨，戌刻歸

初三日晴 濟中來，同錦山墻之旭堂三林飯，墻姊新自嶽來，横店事託墻旭雨林城棧託錦山姊經理，舍甥切已，春中同飯，玉中適也，出未刻散，徐姓孫世鎌來晤，稱系……稱系在系時相識，今均已及期矣

陰，往蒨若之燼餘，吉儀丙中來晤

初四日晨微雨

初五日

初六日晴同人公祭洪祖姑母行禮即至貝宅祝康侯六十正誕晚飯而歸

初七日

初八日

初九日晴拜金循之夫人領帖張月階令媳領帖即歸

初十日晴為張月階令媳王氏題主襄題為佩韶兩甥

十一日晴張家橋掃墓晚歸

十二日

十三日

十四日雨

中秋雨晨詣莊

十六日

十七日

十八日晴賦枚錫三十壽送介去

十九日晴拜許壽民同年領帖於寶積寺

二十日雨

二十一日雨

二十二日雨

二十三日陰微晴偕弟松去光福午時八刻抵澗始謁祖祭乃嗣父本生父墓同詣墓次周視順去秋谷莊周視返澗宿墓廬（屬春和祭族墓）

二十四日雨晨詣張家澗莊祭掃並詣四姊墓行禮四子堂小坐即回

澗雨甚竟日

二十五日雨卯刻偕同族祭河亭橋 敷九公墓到者三十 人辰刻詣雅

宜山祭 貢湖公墓未刻詣萬祿山祭 澗舫公墓 並詣祖妣墓

前行禮回城時未晡也

二十六日晴答王問梅姚翁於同福祥 多棧晤而歸午後過實善賓生

姊丈出談少頃即散晚詣賓生有恙趨視知目已瞑矣急料理

一切子刻始臥

二十七日晴過秦氏候至酉刻成小斂禮拜而歸

二十八日晴過秦氏適倜杉排舫先後自滬來略談而歸

二十九日晴松鱗秋祭禮成先行拜孫小竹舅太人六十壽於祇園菴拜

何吉儀丈人大斂 拜汪穀卿姪舅母八十冥誕於靜心菴 送賓生姊丈

大斂禮成而歸

三十日陰

九月

壬寅朔陰先室誕辰設祭

初二日陰晨率端木氏䜣兒至光福午晴申刻抵澗宿墓廬

初三日晴詣張家澗墓碩家山墓並詣窯西兒墓次設祭並令䜣兒至四姊父母墓至苟先人墓前董家地秋半墓前行禮䜣兒初次謁墓也

竹堂小坐卯西澗飯後過紫陽別墅遊覽盤興至聖恩寺至晚[illegible]

回澗宿

初四日晴黎明登舟由機過端園一望荒落二十可半即行至石佛寺

登岸而歸預令轎在閶門下塘即登岸送何寅臣出殯而歸

初五日雨

初六日　晴。賀桂山姊祖子姻於研經堂舊宅，遇小雅，兄談而歸。

初七日

初八日

重陽日　晴。訥生招飲於角山南樹真宗會中人也，拜寅生二七。

初十日　晴。

十一日　晴。

十二日　雨。

十三日

十四日

十五日　晴。詣莊拜程卧雲丈入家祠，即歸。

十六日　雨。拜寅生三七。

十七日雨

十八日陰淅雨辰刻符生來詩長子

十九日晴許兒上學

二十日晴

廿一日雨

廿二日晴寒午後至試院晤來鈢耿詩古■保結並抄考期單已

牌示者廿三謁 廟諱出故告廿四生經古廿五童經古歸

已晚刻矣

廿三日晴許兒締姻于陽湖吳劉■妹丈為男媒麟士兄為女媒登

門敦請並賀許星台年丈升浙藩於汪紫仙外姊祖百歲於

臨慶菴赴小沅丈招同子山詠生引之心禾語柢堵丈四姊假寓來

倉也散后至梵音菴而歸晚步至寶善拜寅生姊丈四七即歸

是日拜裘

廿四日甲子晴

廿五日晴

廿六日開倉陰雨吴劉𡖖妹丈磨生三尺來為八兒與汪鈞士次女締

姻拜門

廿七日雨

廿八日雨訥生招同劉觀察毓楠姚彦士翰臣太史吴引之諸丈黄仙洲

明府讌飯於華氏墅。是次余忽暈僕跌至地扶起乃知少

息先歸

廿九日雨

三十日雨 拜寅生姊丈，五七即歸

十月

壬申朔 嫩晴

初二日晴

初三日晴 吳子實招飲，晚散即至考寓

初四日晴 五鼓自家歸 拜胡孟魯令祖母於松船屢(?)鳥目原候來人 千粟誕於盈祥吉丁

蕃頒帖即歸，晚至寓齋考不到歸

初五日晴 晚至試院前知江雀於表兄新陽招飲

初六日晴 巳刻至試院齋考，數卜招遲出場即歸

初七日晴

初八日晴 賀吳子實嫁女 戴酉翁嫁女 汪乾卿嫁姪女 謝靖翁嫁姪女 齋祭 祖，禮成即歸，至妹丈

聘，未初回盤，飯又出門賀王仙根第三郎完姻，至汪宅陪新婿，亥刻先歸。

初九日晴 新生總覆

初十日晴

十一日晴

十二日晴 午後出門祝桐生兄嫂六十雙慶，順途賀朱懷棠子入泮。

十三日晴 陳湘澍自蘇來晤，旋來辭出。

十四日晴 過繆春畦不值，訪蔡村晤談，仍去儀大人作帖於圓通寺，賀潘玲宗子姻，吳程卿子入泮，彭穀孫行聘，過端卿兄晤，并晤歸。應江松如至怡園，癸卯同年伯及世兄弟十二人公餞許星臺年伯，以升浙藩將之蒞也，自未至戌始散歸。

十五日晴步至松鱗已正歸以五[illegible]行第少迎書

十六日陰芝舫叔英先後來晤

十七日晴

十八日晴

十九日晴大妹繆春畦表舅祖恩培邱茶村表妹汪茶磨芑宗麐生

兄錫瑞來吃媒酒申席後余出門賀陸新之表兄娶婦管筠如

嫁女娶海帆子姻汪陶民子[illegible]姻候祭祖禮成而歸

二十日晴賀勉穀姪明日姻汪銅生明日娶姪女而歸

二十一日晴申刻三妹登輿後出門炸下至迪忠賀候祭祖晚飯後始

歸

二十二日晴

二十三日晴

二十四日晴巳刻三妹偕妹壻顧又生鹿鳴姪歸戌刻禮成亥刻

妝奩四

二十五日晴秦宲生姊丈請司喪戌刻歸

二十六日晴秦宲生姊丈領帖戌刻歸

二十七日晴秦氏姊婿請卯刻題 主襄事者孫蘊苓江子佩

神成服巳刻送殯至昌善局四者已領謝矣未刻歸

二十八日晴偕兩弟三姪至顧宅留飯兩席散後同沈惠孚領帖歸

已抵暮矣

二十九日晴

十一月

辛丑朔晴 詣莊 歸 並答客而

初二日晴 祝玉泉四妹父母七十雙壽 吃麵 午后歸 小雅兄來談

誤而去 佛如兄自江西回來談

初三日晴

初四日晴 冬至夜祀 先如例 檢穀於縣收惜哉

初五日晴 冬至 詣莊 春疇弟亦至 行禮後即歸 艾生來留飯

余與許弟往行語歡後余過寶善而歸 夕 文學弟來談

初六日晴 至通如 答長沙王芝翁 雲莊 椅棠 前吳兆芳 陳華農

求銓 答貝學均不值 佛如兄談 納生文錢至余 先以途中

之寒不克赴 吳廣齋親 四弟 屏之招 即與一輿 先往行送

歎 余亟歸

初七日晴

初八日雨微雪

初九日晴

初十日晴 飯後至横塘宿

十一日晴 訪張楊 曾大父塋並訪 外舅姑塋添種雜樹仍回横宿

十二日晴 返棹至胥江登岸步歸已飯時也

十三日雨

十四日陰

十五日晴 訪杞鋒並遇瑞卿兄晤而歸 四姊招飯不及赴召

十六日晴

十七日晴

十八日晴 黎明登舟出閶門午過木瀆挂帆行謁 輕宜山 高祖塋展

視坟竟他出即回舟甫初抵光福鎮 八世祖庶妣葛安祠行禮即

宿祠中

十九日陰留將至山中詣七世祖墓並徧謁本支諸塋周視仍回祠

中飯後步登席山又小步徐村傍晚乃返

二十日五鼓即起偕學圃料理物件黎明登舟又返雅宜山坟客

仍他出返舟乃至善人橋過坟客歸停舟屬芟除茅草即

行雨作未初過橫 酉刻至白塔子橋泊岸雨勢方濃麥苗正

待澤也

二十一日雨燒

二十二日晴

二十三日晴

二十四日陰 甲子

二十五日雨 秋申要三姪女至戴氏聘

二十六日雨 午後雪

二十七日雪

二十八日陰

二十九日晴 三姪女于歸戴氏 同申初工畢後余出門賀許星臺年丈六秩壽 兄敬興完姻女宅為馮竹儒上海道焌光 送日到門即歸

三十日晴

十二月

辛未朔晴 訪莊過端卿兄修益晤廬江姪女賀陶年如表弟之女初三日回門而歸

初二日晴 三姪女戴姪婿 祖[illegible]嫂歸

初三日陰 新秀才迎送 志常姪剃頭 晚出門賀吳誼卿令郎本齋泮振

弟々之湘沚 吳蔚若之弟卿士 朱懷萱之子祖保 皆新進也 酉刻歸

啟先弟補到亦歸

初四日晴

初五日晴 吳廣菴來晤

初六日陰

初七日陰

初八日 撇晴 出門拜西幼汀岳太夫人除靈 並小白林祖芷生姊 皆除靈行礼畢卯

行賀田庚訪郡太守到任 過鄭賡聆談 覺不知老者十有九句矣 月覺鄭

吾度生也 謝安析使及諸中措搆不值 拜戴把清姪婿不晤

初九日微晴
初十日微晴，步過譜弟談小飲，歸已申刻矣。
十一日晴
十二日晴寒
十三日晴寒，赴中諸師皆候館託本張師母等，任二方臨歸二肘春
第六人三十正誕，父生妹情來飯
十四日晴
十五日晴，晨步至松鱗行禮，過茶磨館，偕蔗笙兄中館，又至昭慶寺拜郁守梅
寄人賓誕即歸
十六日晴
十七日晴，訪李海帆不值

十八日晴 茶磨來談留飯 佩錫適玉同談 飯後散

十九日晴 亥正二刻立春 晨詣杺鏞行禮 並至通丘 晤濟之 和夫 雨生 即歸 午後陰

步訪如瀛於蔣氏 晤而歸 以朱菁士書籍付霞之

二十日晴 李海帆來賀 偕春疇去祝俞如英五十正誕 即歸

二十一日晴 拜王幼梅夫人除座 即歸

二十二日雨 補賀宗小畬表甥拔貢 過扇打錢天研巷姑母領帖 即歸 料理雜事頗

形煩雜 夜與許中和同錢芸亭朱梅岑並各友飯

二十三日嫩晴 張福之攜文來 晤丁未同進也 夜祀竈如禮

二十四日晴 晨答張福之 晤（於沈伯之病中）並晤澄之 約其同蘭臺來飯 順至柳波晤

雨歸 午刻福之蘭臺偕濟來 留便酌而散

二十五日晴

二十六日陰

二十七日陰 過年祀神

二十八日陰

二十九日陰午後微雪晴

除夕陰午後晴

浪淘沙

同此可憐宵歸夢迢遙情長緣短恨難消更有梅花同不睡賸我無憀

兩鬢已飄蕭暮暮朝朝多情蠟淚替儂焦拚到秋墳同唱日真箇魂銷

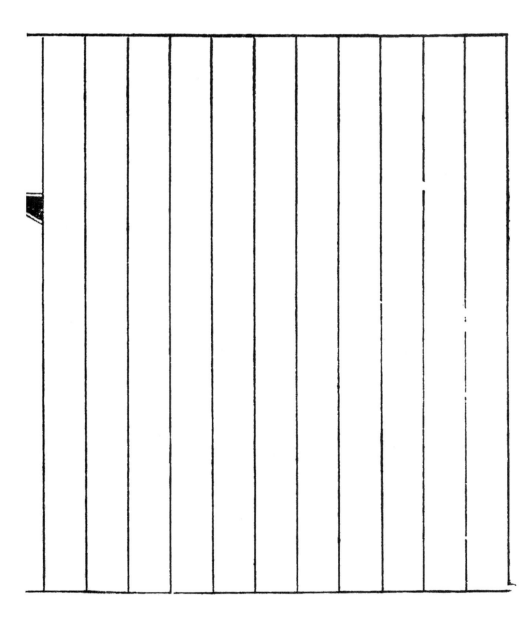

乙假南歸由亳州西柳村舖登舟口占

姚輪歸棹歲華遒，坐觸裝成放船。風景一般尤可喜，蘋花水鳥似家鄉。

等閒詩滿自由身，煙樹吳中畫裏詩。傍水人家湯勞歌，夕陽歸思為秋蘋。

小泊中秋嗜毛遂無餘子誤信無敵是可人

登舟玩月中十五日

買看過舟泊小黃閘閘明月如清宵一夜雨舟泊小黃

渦陽道中夜泊

蒙城道中

中原日在行微波牽水落舊日指山東

蒙城 旅舍

舟中西行景寄懷

柴帆柴
陡〻去妨官河路不礙只有乱鷗〻白鷺栖息間

午後有叔來應蕭少嶼明府承惶以詩贈別因[illegible]來及

捉輕舟行去年譯次原韻[illegible]諸[illegible]郎

歸心久已似輕帆，今日真成浩蕩行。數事常[illegible]銘去職思，私敢便說陳情

人當遠別[illegible]無[illegible]，詩歷經壯氣好向廣。十載浮沈消壯志，諸君努力致澄清

[illegible]門第論文才[illegible]，閱歷來我只若渴，今知格惟聖能天成達材，大雅春

風資樂育伊人秋水，泗洲[illegible]，比似堂坳覆一杯

流水高山孰賞音，[illegible]深蹊秋柳[illegible]眼空空，空山有素心

桃溪自許[illegible]，[illegible]不鮮，坐閒身喜遂洪河水，[illegible]

自分無才[illegible]，[illegible]吟，肩背[illegible]三五[illegible]光，安若千

誰可人隨人俯仰，未妨我自我周旋，家風世世歸田早，快著[illegible]

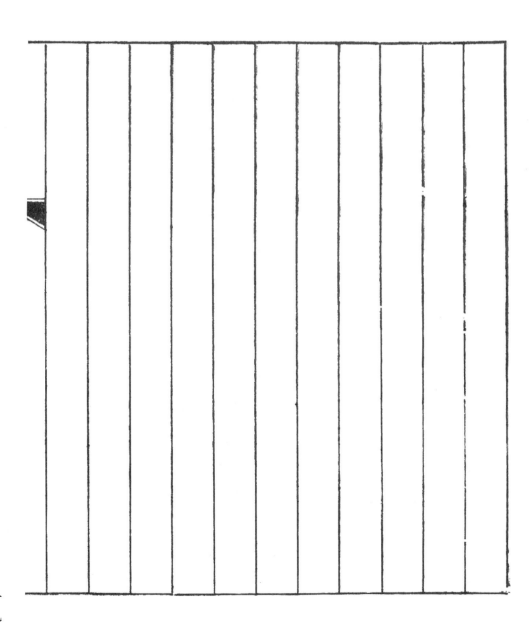

自懷遠縣九十里至臨淮關　九十里至五河縣

六十里至雙溝集　一百廿里至盱眙縣城　六十里至老子山

六十里高梁澗　八十里清江浦

潘觀保日記

昨

詢及館課，以不能[illegible]出[illegible]存稿，質之城子傳賓，承謨性亦靈穎，惟讀書一道，殊不在乃

局[illegible]所以不能超，故究由不能聚心，每上一首生書，自書至背，[illegible]不能連貫讀下

或此行[illegible]復行，或兩句跳過一句，且[illegible]生[illegible]難讀者，總不肯讀[illegible]，竟不能收進致頭（或逐字讀而不於[illegible]句）

不過讀十行，而心兩又必先[illegible]背[illegible]，[illegible]回不[illegible]，[illegible]書齋中特出情

亦以心野，故雖[illegible]注定書上，而[illegible]不能出口，[illegible]不離超，故可讀十四五行者，更能聚心則尤可

增益。旺[illegible]訓蒙[illegible]及廿年，[illegible]不下數十[illegible]，[illegible]甚[illegible]，[illegible]所用[illegible]，[illegible]目知

力學者則皆不[illegible]。舍姪小兒亦不免此病，[illegible]不[illegible]，[illegible]近，[illegible]能自勉，故[illegible]難

小兒則[illegible]上數年，無日不加力鞭朴，竟不能見效，但[illegible]一言即聽，惟此則[illegible]法[illegible]，[illegible]因自己（舍姪十一歲[illegible]）

（公穀儀禮三經未讀，是年[illegible]失怙，[illegible]即荒廢矣，距[illegible]今一二[illegible]）

讀書不能成，亦聽之而已。兩舍[illegible]熟書大者一千天一來，復於正課，餘令[illegible]將生書日日為讀之，若熟書雖

三十天一轉，回亦不得也，小者十二天一復，本書卷較少，故日數[illegible]，[illegible]何[illegible]，[illegible]示可也。草此十行

奉以當一夕之談，謹呈

老世叔大人 電鑒 世姪名正肅

家兄[illegible]甫今日有信來云，於七月杪出[illegible]

三州[illegible]於四月四考，知念附陳，姪又及

伯父大人尊前敬禀者月之十三日接奉十八日
訓示敬悉
福躬安健式如下頌姪照常誦讀未敢荒嬉月前曾與三
叔會文蒙
示文章準則自當奉為圭臬書紳謹誌現在文期間三日
一作三期作賦一首惟自知質鈍進益頗難只有精勤
自勵以仰副
長者之提撕三弟近恙較秋間好多現服膏方二弟現讀
左傳詩作四韻姪與諸弟專心文學外騖習氣斷不敢
稍耽也墳工業已告竣樹亦種好前蒙寄下分銀百
兩早經收到萱親心感敬謝姪等亦啣感無旣工費已
付過三百餘元尚須找出二百餘元今年祖秄剛為做
墳所用平日用度惟有節省而已萱親身子安健亦服
膏方婶妹弟等均好三叔完姻甚為熱閙三嬸頗為

祖父大人鐘愛

伯父大人名下封筒一切開發照來　示與萱親一例

眉嫂溅一等開發細帳當由帳房開呈今附脊文二篇

賦二篇詩四首二弟書法一併恭呈

鈞誨尚求

指示為叩專肅敬請

福　安　姪制志暉百叩謹稟

萱親命筆請安姊妹弟等隨叩　　十一月廿四日

和叔新房寄來上見禮，例不全收，而道遠難於寄還，
只可全留。所有應開賞即照九太太及減一等之
數分别備齎送至新房。其使金亦酌量從豐。想
九太太亦必全收也。兄[illegible]年記生交培[illegible]棣等及以前諸
尊函用六情，年伯大人交

友蘭兄覽

[illegible]

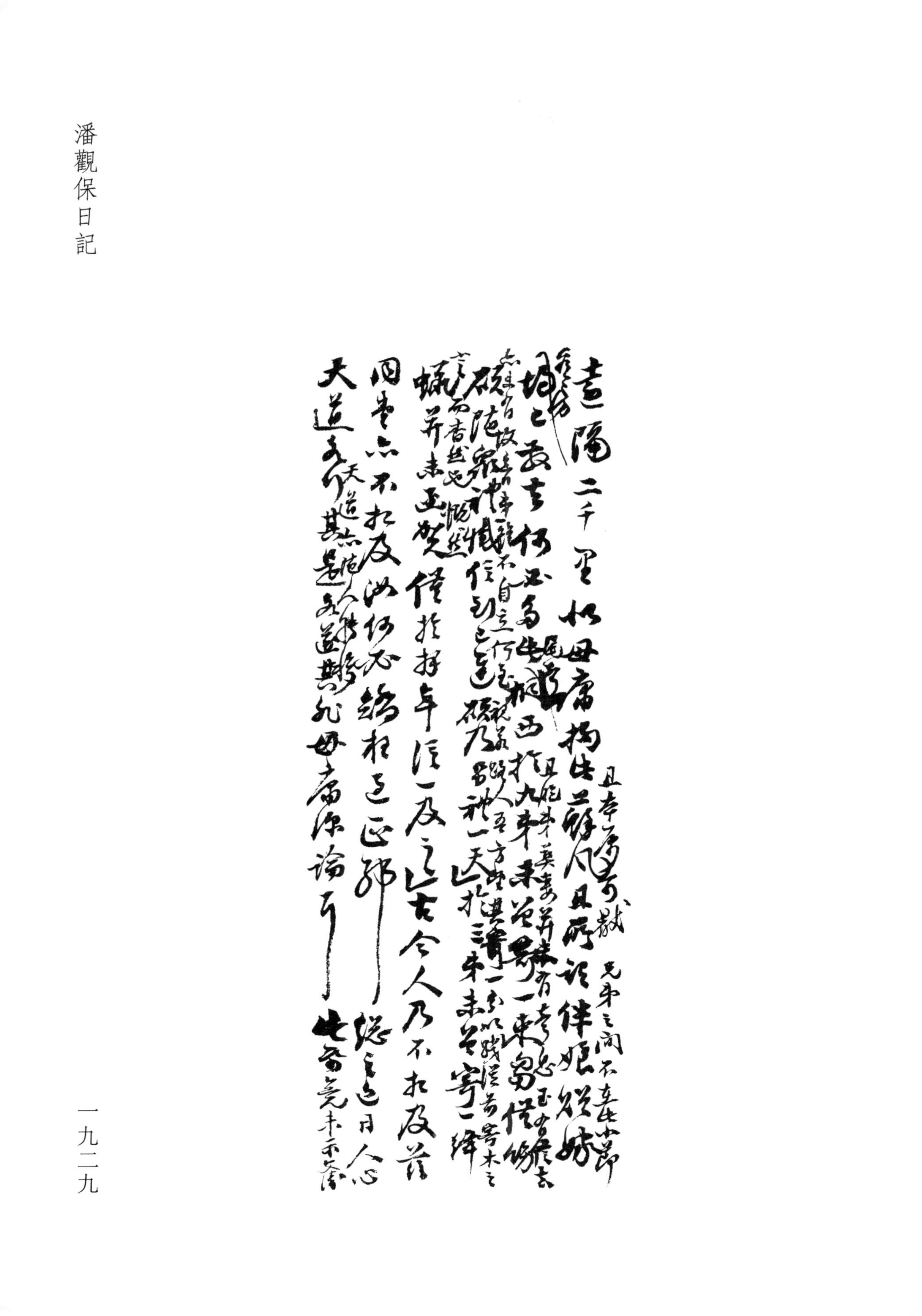

仲培世二兄大人閣下頃得暢領

麾譯爲快南漕第二起船戶花名米數清單一紙已

收該起船二十五隻已移咨　睛省特飭押運李典史

督押開赴道口聽候

驗收矣餘容明日面晤不具此請

勛安　世弟期潘觀保頓首　十六燈下

恨翁老伯大人在府，定然福體康泰，闔第富祥，諸多

如意佳暢為頌。謹稟者：日前叩別之後，旋於九日回

由舍下住日，海路佳叩，福平安，令世兄承安常守

銀兩想求

老伯暫緩數宵兩月，當再謹奉趙，謹求不端冒昧

敬請

[illegible]

姪生[illegible]頓首

製文富頓首

中秋早卯

勛安不乙

諸位仁兄大人請安

再者家兄魯卿由蠶業出身，向在江源泰油行、庚申後改業皮行。甲子時，改行有八家，每年所得七十余千之貿易。近年縮存兩家，亦只有十余千之貿易，皆為厘捐加增、蘇州碼頭壞極矣。家兄無事，兩載往彼，表兄有可用之處，祈提攜照顧之。五中家兄現年五十五歲，向來古誇表兄尤深知家兄謹慎，然家現家下計十口，惟賴一人支持，實在不易耶。特此附啟。

表弟蒨生加啟

痢疾良方

蒼术米泔浸陳土炒焦三兩　杏仁去皮尖去油二兩　川烏附去皮麩包煨透另研

羌活炒二兩　生大黄炒一兩　熟大黄炒一兩　甘草炒另研

共為細末每服四分小兒減半孕婦忌服　赤痢用燈芯三十寸煎濃湯調服　白痢用生薑三片煎濃湯調服　赤白痢兼用燈芯三十寸生薑三片煎濃湯調服　水瀉用米湯調服　重者不過五六服即愈但燈芯生薑必須照方濃煎纔有藥力

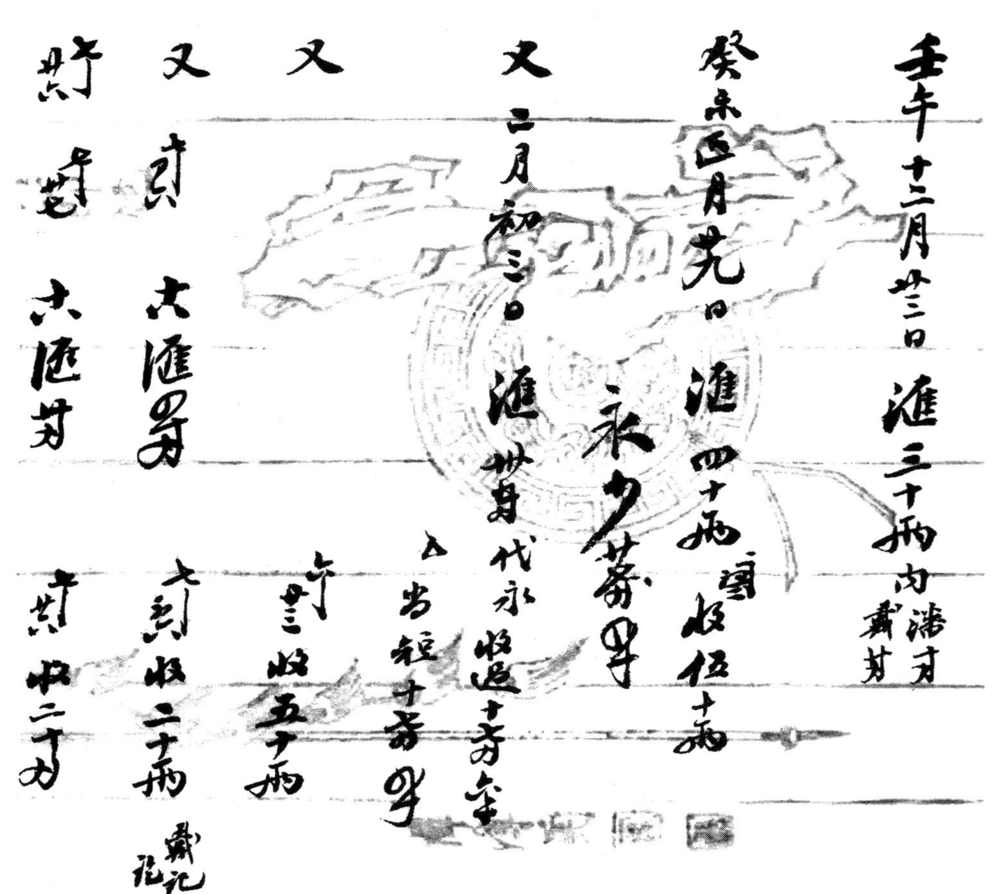

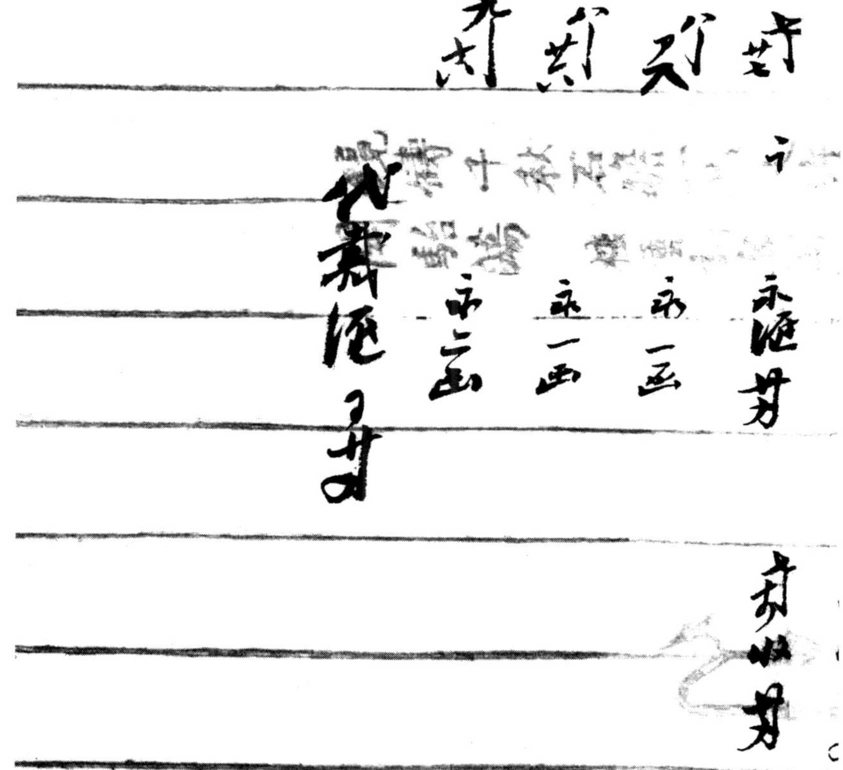

松鱗莊爲代收
大阜利貞廳重造經費事接據大阜子姓來書兵燹之後
宗祠雖已興復而利貞廳久成瓦礫公議利貞二分支裔計丁
口捐錢茲據利分遵祁名下計大小丁口共十五人繳到應
捐錢 九千 文除給收照彙寄
宗祠外合填存根備查
光緒 年 月

第　　　　號

松鱗莊爲代收
大阜利貞廳重造經費事兹據利分支裔　　名下大小丁
口共十五人繳到應捐錢玖千文除彙寄
宗祠外特先給此爲照
光緒　年　月

第　　號

松鱗莊爲代收

大阜利貞廳重造經費事接據大阜子姓來書兵燹之後

宗祠業於丁卯年興復而利貞二分支祠久成瓦礫亟應重建公議兩支子

姓無論男婦大小每名捐錢六百文茲查利分支裔遵祁名下共若干人

即塡明此票將應捐錢繳至本莊換給收照以便彙寄幸勿稍遲爲要此啓

利分支裔遵祁年七十五歲住

本名下大小男丁婦口詳開於後

辛記名下　六人　捐々三千六

順記名下　四人　捐々二千四

禾記名下　五人　捐々三千

應捐錢　玖　千　文　經派支總

光緒　年　月

會同督辦理沁工二品頂戴按察使銜候補道潘
署理河北河務兵備道候補道郭　札

某知悉照得沁河南北岸郭村朱原村南方陵及
草亭等處湯溫串滑堵築工程前經
東河總督部堂
兼巡撫部院會奏奉
飭令提緊堵築以期水歸早平等因欽此欽遵札飭本道等會
估督勘現屆霜清並應提緊興工築疏埽以築堤
工固緊要自應遴選委任諳熟大工練習工程勤慎耐勞之員赴工襄辦以期
工歸實在費不虛糜合行案明札委調札到該員弁
立即東裝挑帶土棚兵夫迅赴武陟工次酌候差委
毋稍違延切切此札

練習工程（帶往隨翁大工）由之之矣

文員8 同知朱鎮 通判侯鳳儀 由（未入）周鉞 匡希彭

武弁 朱承和（中河協備） 王忻（下南協備） 毛金貴（候補千總） 陳慶林（禁部風把總）

勤慎耐勞之矣

文員 同知劉灝 通判徐津鈞 知縣彭恩培 主簿鄭榮

稟接河憲

稟請將河北鎮撥派弁兵彈壓並擬調熟習工程員弁赴沁辦工謹録銜名清摺呈請 示遵由

謹稟者竊職道接奉

鈞札會督估辦沁河郭村等處漫口工程當將會勘核實估需銀數開摺繪

圖 安候

核奪示並蒙

飭發會督辦理沁河工程木質關防並將收領開用日期呈報在案

九月二十三、六等日奉到

憲批 據會勘沁河南北岸漫口工程估需各款既經覈實確估減而又減尚無浮多准如所辦

據詳查勘漫口估計工程俱數具悉仍録報工等因

理等因

蒙此適值經內陸雨水漲載塗又屆霜清署道吾有職道○○守候

當即詳請批飭協該兩邦一併前往並飭在庫蒙

會勝硯將直辦事理會商籌酌已有頭緒詳細程叙會銜一俟撥款工需起解即

行起身馳赴沁工會督辦理務期工歸實在款不虛糜以仰副慎重

帑項軫念民依艱之至意查郭村朱原村南方陵及草亭四處工程內除草亭滿身

一百四十九丈應着令該處居民自行填補不計外原估堤工大工計長二百四十二丈五

尺工段綿長用夫較多且正雜料物均在堤搭廠存儲之處地當曠野時

值隆冬設有疏虞關係匪細必須撥隊駐紮以資彈壓河北崔鎮也

在懷慶標下將弁歷任隨辦大工多有諳練河務之人相應援案稟

請

請

咨赴河北鎮撥派隊伍駐工彈壓並請

咨明挑選標下熟習河務[illegible]弁兵四五名令馳赴工次聽候差遣以收臂指之

助期於工程有所裨益再鑲埽築[illegible]土民夫未能熟習亦須河營兵

夫督率同力作方能合式庶免翻築費時除河北營汛就近挑派外共

曾經隨辦大工耐勞而不嗜利者就職道等見聞所及開具銜名清摺

恭呈

鑒核仰乞

憲恩俯准札調赴沁以裨工務而資得力實爲公便謹肅寸陳伏祈

訓示祗遵發詩

鈞安除稟

撫河憲外職道〇〇署河北道〇〇謹字

計呈委員銜名清摺一件

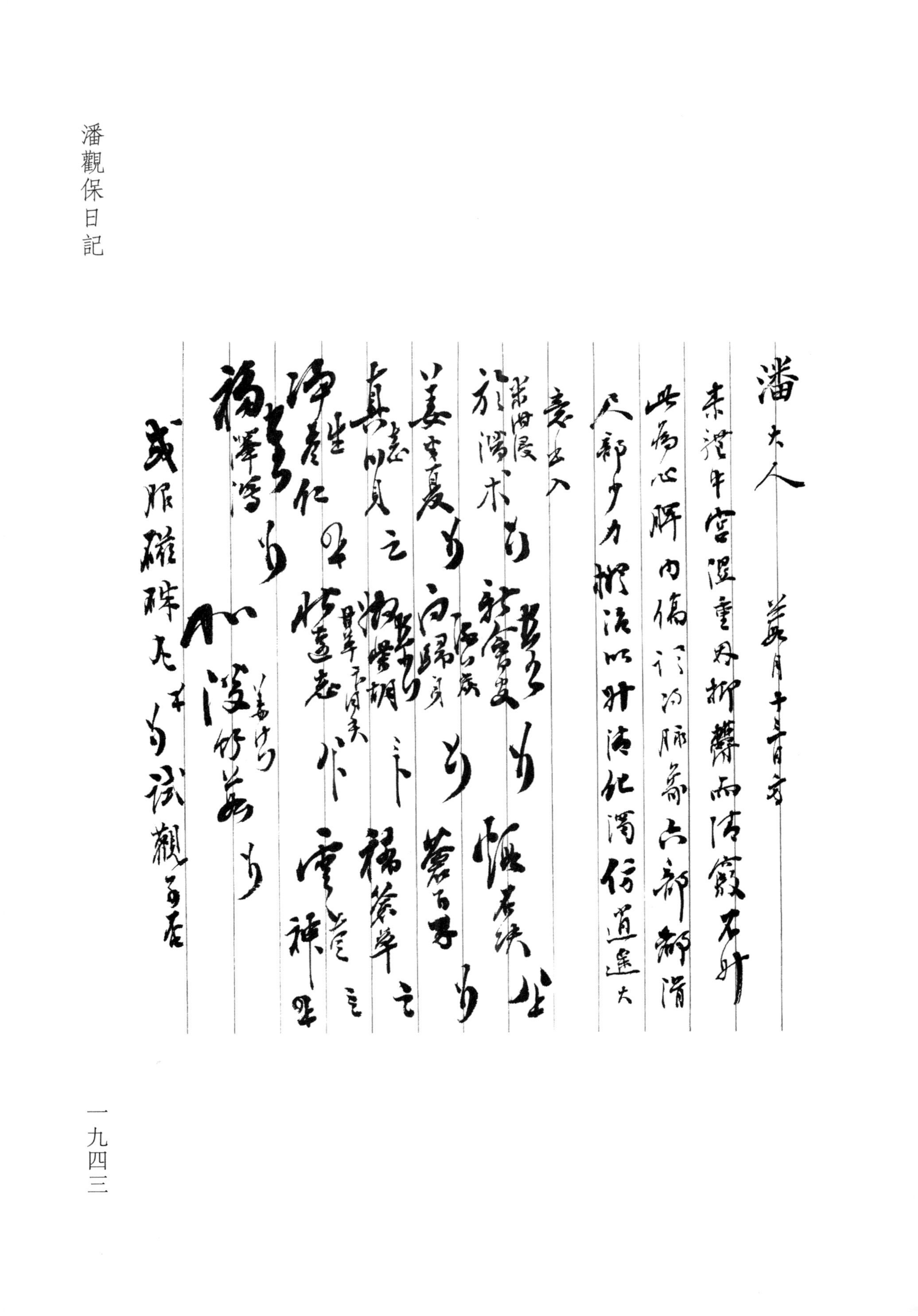

本年秋祭日期單

文廟　八月初四日
社稷壇　初五日
文昌　初六日
以上撫台親祭
武廟　初八日
嶽瀆　初十日
火神　十二日
孟夫子　十四日
龍神　十五日

劉猛將軍　十六日
倉　聖　十八日
河　神　二十日
風　神　廿一日
程氏兩夫子　廿四日
忠親王　廿五日
以上委藩台祭
禹　王　九月初十日　撫台祭

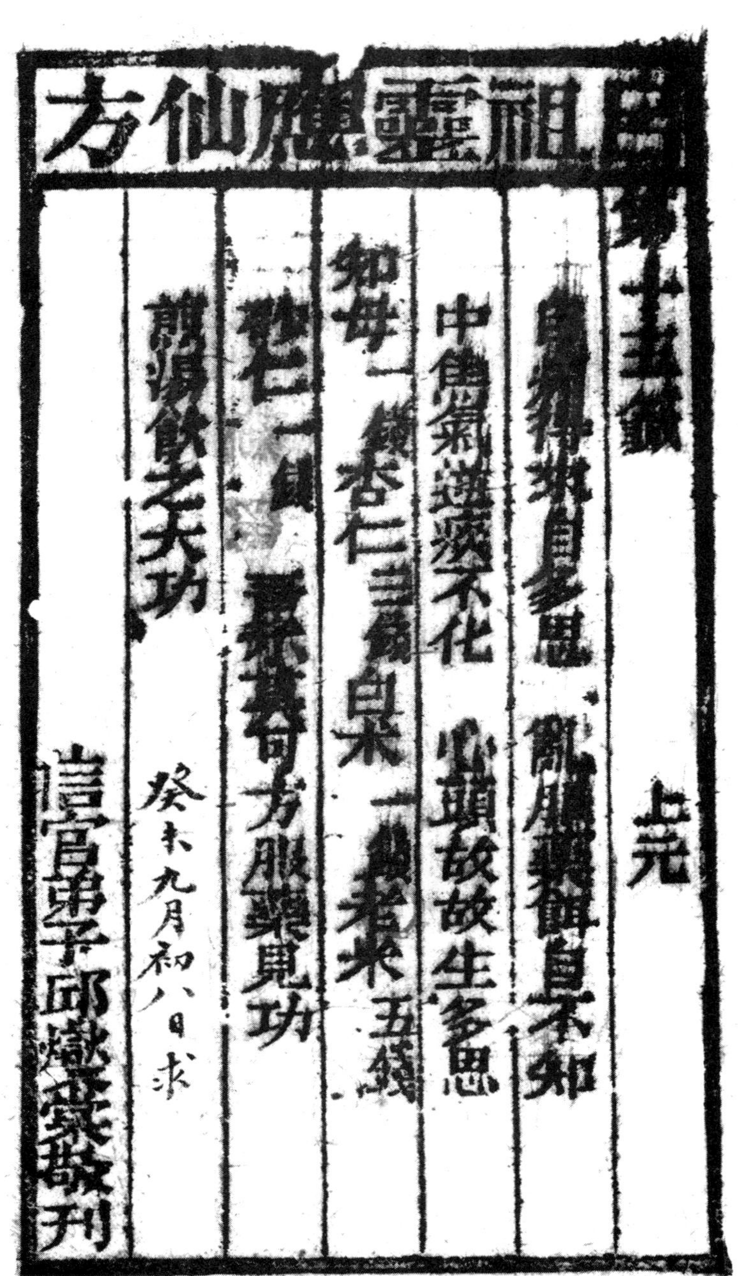

呂祖靈應仙方

第十五籤　上先

身病得來自多思　亂服藥餌自不知

中傷氣逆痰不化　心頭故故生多患

知母一錢　杏仁三錢　貝米一錢　老米五錢

桃仁一錢　惡莫奇方服藥見功

煎湯飲之天功

癸未九月初八日求

信官弟子邱嶽霖敬刊

全叔袁厚庵（現在蒙養司尹）之妻女歎攬

萼雲緣絰梅于長賜帷

任觀荷洙泗若錦運內

今日治妝李玉如全赴先祖參掃省墓日之前五服好亦同去

初八，偕春甥敦兒暉孫同舟至橫涇之亦到一宿，初九至畢春望園黃鍾菁亦同載，先以小舫運杖洞上居中先寫為矣

梅以小舫先將余東敦先謁萬祿狀宜壁柱洞尚早即詣河猶趙乃

壁場壁展謁至畢家外巷，初十晨又同敘至天井棟以紅梅根老月二之

一株補種場壁望園黃鍾芸已同山中札地一切場形左首可峯意只並媧衣

以此究處先令會二良將薛搖料理移種數丈，其石板路稍移數心

卯尺長宮改信二十段再令望園奉擔工不足數月可了，另千丈之至先為九牛二面

墓尾作主需之勢以杜抑其居奇，恰好石田已肯，亦可以疑華姓，八十番出售之界相界命僅足

默以渠亦到因望園再入山也。吉同望鍾敦自懿返棹回家，十三日返擱蘭遊

閣不出，黃芸居柳渡為談之，福堂佩常作諸，極寫不臣至菁鄉家錢文，同趙入門之

錢泥之代燒之數文，我弟留以為畢晚飯，御閣常趙小地而無同日家忘檢何晚而至

上野果十五晨詣祠，出年歲家十六收玉氣盛

抒高柚，順作此後閣丁卯已返柳泥之

清泗河歲至以極其不應，於此而造之，至此是五...

粧...

二月初三到

光緒癸未九月

憲台大人乞假趨 庭卜行有日 承愷 忝居參佐

久荷恩知當此睽離彌增依戀陽關欲唱慚

非三疊之音巴里聊陳率賦四章以獻伏求

鈞誨并鑒微忱

鴻飛載詠送雙旌一夕思 親命駕行好爵難縻遊

子志將雛歸慰抱孫情身披萊綵烏私切膝擁

蘭芽燕翼賡滿載圖書千萬卷壓舟無礙説官

清一 十年艱鉅試長才歷盡盤根錯節來英

簜再持歌衆母軍符三綰攬群材甘棠蔭美今

河朔隋柳條攀古汳洄驪唱一聲風笛咽離筵須

進酒千杯二 吴山行近喜鄉音衣錦還家樂事

深社酒不關能愈耳扁舟先已起歸心秋風味憶

蒓羹綠晚節香吟菊蕊金預想三松歡宴日一堂

四代兕觥斟三 遊梁遍事大夫賢下士憐才莫比

肩知己感恩身弟一省 親歸里路盈千東山正

繫蒼生望北轍還期晝轂旋轉瞬夷門重負弩褰

帷相見未華顛四 屬吏蕭承愷謹呈

付翁交王尺侯書　筆四支　銀硃二塊　田帋十刀　書二部　茶葉四斤　風魚二斤

詳冊到　又太房送　杭紡衫二件　被面一个　竹布二疋　水烟四斤　糖十斤

□笋二套　蝦米二匣

付翁交朱觀察書上　該二元之書三部　青清丸　油紙十刀　銀硃四錠

火腿十條　又王宅送火腿一隻　布匹一个

付己交陳朵之書上　王處裝物六件

收到乞示為盼

肖□九

一少串逐月出支列入月報以便查核不得有失託任
意開支
一錢换洋 洋兑錢另立簿逐月登記並列入十日報不
得有兑錢入舊名目以昭核實
一現在應付怡興與順一千餘千店中不能認利
一新賬陳賬分别另立歸簿歸款隨時註明各
店拖欠太多飭司勤催依期日少一日其艾生
數鄉等及已歇店欠附立冊後存查
一襍票板及印存空票並將票根底簿一并截
止以後不得再用

此癸酉春盤查潘觀所擬也

頃奉

手示并馬褂兩件收到當遵

諭檢大衣箱帶蘇送交不誤復請

辛芝仁兄年大人台安　弟書經頓首

據云此參名曰栽子是用小根移培長成並非老山然路尚正道就地購價不過二十金若此間則四五十兩無定價矣

賀

秦 女一小
兆甲率子
聲瑞 夔揚 毓麒 綬章 穰瑞 封瑞
孫
曾釐 曾賢 曾榮 曾翰 曾蔚 曾曈 曾榮 曾愷
拜

女女三 慶十一 桂八 蕊六
二女 韻珠十 蕙珠九
三女 二寶六 三寶四

潘譜琴日記·辛亥日記

（清）潘祖同　撰

辛亥日記

咸豐元年時年二十一歲

咸豐元年辛亥日記

初一日拜天地神佛祖宗、玉皇、關帝廟拈香，求得第一籤。椒坡來，晤，飯後出拜喜神，遇煙杉，即歸。晴，微風。

初二日煙杉來，飯後答拜吳次平、何哉甫、師周、阮庭、儷笙，晤。

答拜友蓮、小研、子香，俱晤。並晤友蓮、小研、尊庭，再一次。

供祖先，吃飯。子晚又吃飯。大雄遇查膺濤、何庠

初三日上供，飯後拜星農、少璜、史壺園、東三、列之、采山、桐山、張湘

錢恩福、蔣巳南、沈春甫、顧吉人、張石卿、煙杉、朱筱

卿、顧秉、吳瑞環、楊濱石、翠卿、椒林、應石、孟侯、兄弟

花隱盦

喉中不舒似傷風者兩股亦軟甚 晴 以弟男去歲除夕書〇張三爺遣人携來

〇初四日壽春 飯後浼硯君壽帥歸 晤東三友蓮小研子晋 陰冷 口內作腥

友蓮小研子晋來 偶晤吃蓮心以瑪瑙石子一對贈子晋

〇初五日飯後答楊子臣訪子晋不值至琉璃廠火神廟一游 遇

子晋買舊圓鏡一個 價四千 京鮮 遇雲 伯荅 辞霍叔

〇初六日愚學潄石約飯 飯後答蔚叔平何小宋蕭讀高

訪子晋不晤 之友蓮游廠 遇子晋 應請西廚

初七日大風 陜 欬 喉中不舒

初八日風 喉中稍覺舒暢 仍咳嗽 飯後答拜顧復初命

少軒祝新甫師壽俱未赴。若英妹生日，剃頭。

初九日　與少峰同車訪子晉，晤友蓮、小研、子晉、少峰先歸去。與子晉兄弟同吃飯，飯後與小研、子晉同車遊廠，與四叔、伯寅同車歸。微風了。

初十日　高祖妣忌辰上供。飯後訪子晉兄弟，偕晤，吃麪，歸後將墨洗。

十一日　趙桐山于本月二十日續娶，下帖。飯後遊廠，遇子晉兄弟，欲就之，歸而車與驢馬俱失所在，遂雇驢[騾]車五十[六十]而歸。

十二日　晴。內子至友蓮處為燕客飯，飯後顧東三來，為南雅先生孫夫人張歸本館西十兩，予少印泥札，遣劉僕送去以極行

花隱盦

韻巢字桃解贈友蓮處話別截贈小研過古軒訪韻梅華

贈子晉訪子晉晤再晤友蓮與子晉同年游廠遇小研回

仍與子晉同年至伊處吃點心夜飯而歸同愚亭步

至保安寺街看燈謎傷風咳嗽

十三日陰晴錯以補叔跋致舅札交小研附寄向伊兄弟假任

今日開晚飯後茶於吳次恆兄求錢萍舡游廠傷風

咳嗽夜步至蔣巷侯門前看燈謎

十四日陰晴錯晉少谷來晤談與同年至琉璃廠即與

三叔同年歸剃頭

十五日賀烟杉下塞，晚遇少峰同院庠，飯後與少峰同至擷殿，買得假玉佩一枚（以大洋三元），在先云軒看書一卷。

十六日拜晉少谷、唐景師，答錢乃秋，俱晤，答劉硯耆、葉奂之，未晤。飯後與四叔伯寅同至擷殿。

十七日晴。在紅杏山房看書一卷。

十八日晴。飯後答星農，拜王弗山，俱未晤。訪吏部驗封司書吏朱楨，其甥字雨之，接云姓朱並無名楨，遂躧跡而返。訪孫馮航，晤。夜在紅杏山房看書一卷。汝落闓墨付上○賀年，附作信既寄交四叔廿二寄○

花隱盦

十九日（吴君師來談）飯後賀趙桐由山價娶（明日）送妹陸力共（守大）吴次平有子（晤）

往招談晤。夜在書房看書一點

二十日晴。風。寫摺一開。同少園去謄廿五日書。印汝安四叔明日寄。

復汝子伊穎手札。在書房看書一點。夜讀丈人（君子慎獨論）題

（榕吉）敬勝怠論。復子背誦。讀斯文精萃十頁（唐詩）

二十一日賀少峰丈人生日。寫摺一開。孫駕航來，先坐半舫後建

楠木廠文學。丈人書房去談，而今讀文廿遍。夜又讀文十篇（讀唐詩）

錢乃秋送往來，欲借京數四十千，當即借與，房來人帶去（書估青藩來）

廿二日烟杉來拜，重放閱闈墨同門卷硃卷，在紅杏山房看

書一葉夜讀文廿遍讀唐詩十首

廿三日理寄字第一號長木匣內書託少峰交原總帶蘇送

松庭母舅處收存理寄字第二號長木匣內書夜讀文廿遍唐

詩七葉

廿四日剃頭三叔卅付讀理寄字第三號方木匣內書在仁杏山房書看一卷

晚將執照印結（三天到之出）託四叔交柳坪送部驗看並囑協令侃翔書吏

明日來此夜讀文廿遍夜詩七首天氣明媚

廿五日做學古有獲論士良旧值策各一篇吏部選司書吏

侃承堂送閏執照驗照並考試摺樣一本（常策稿本）與晤談

花隱盦

廿六日辰初起來吃飯進吏部先在承發科略坐候芍亭蘭史
先後到同至驗封司驗到又至半上驗到但茶張憩雲步眠於
研騎航暇寫摺一開庭讀文十篇得傅氏十月廿四日書附寄交來
廿七日晨得筆亭十月初十日書補五日致於留男札並由信託寄津
道此札致於留男書札一匣託植村帶交傅氏收存並補致札及所
交刊本信又撰簡一石圖俱于明早寄呈寄津貿錢
恩福得缺拜陳柳坪蒼程容伯俱未晤蒼特來上拜倪
拜廷嚴蘭史訪吳次平俱晤至退秋眠樹坡拜何青士未晤
以謹文師冊頁二紙書庭在杏山房看書一卷

廿八日寫摺二開 夜在紅杏山房看書一卷

廿九日做王義山師論 寫摺一開 烟杉招飲 在李氏 辞之 在紅杏山房看書一卷

卅日做任賢士卯策一篇 寫摺三開

二月

初一日又做任賢士卯策一篇 寫摺一開

初二日寫摺三開 雪 冷 看書一卷 剃頭

初三日大風 冷 寫摺半開 在紅杏山房看書一卷 [illegible]雲士人書賬

初四日晴 冷 寫摺開半 在紅杏山房看書一卷

初五日陰 冷 椒坡來 夜雪

初六日寫摺開半 濟之弟十四歲 而度卯 賀四叔之母 [illegible]拜次

花隱盦

平壽暖帶去大人所送烘麩桃脯來收使寄大哥欽甫

師彭芍亭烟杉偕暖訪倪鈞廷不值歸頭痛風

初七日寫摺三扉沈平來謝壽暖以箴齋伯寅處函送

芍亭風在紅杏山房看書一卷

初八日

初九日晴暖做徐姓悽厥與諭正篇庭向赴津人回○伯寅知留果種村書○（初七寄去）（內有信下書）

并託送補叔一函○又沈平補叔共一函○（俱交補叔）誥稍山一函○寫雲一函○硯君復有

送兄弟○種村復一函○（錫楳谷）偕于明平分送○之（庭年書）

初十日陰復芷卿書○內復子伊少書各一函○與帖六○昨所接與伯寅託

寄蔚信一。俾交天順。孩伯等信民書交四叔明日寄。在仁杏山房看書一卷

十一日陰。飯前寫摺二開。剃頭。訪倪相廷晤談。時有三点兩点雨

補叔、烟杉来

十二日風。寫摺四開。訪友蓮兄弟晤。友蓮與同年出渠處所租新（兵馬司衚衕）宅，因即步歸。仍在書房看書一卷。臨孩兒畧種樹書園札稿（向十六考試等事）

十三日風。寫摺半開。仍在書房。將牙牌神數隨意卜過一籤云：凡事從容過一籌，也無驚疑也無尤。有人向我真消息，二月春分八月秋。蓋本月十六考試，十九出案，是日恰係春分，亦謂靈

莼隱盦

極昧使汲驗 又將先天易數隨意扐得一鐵云予於宦破文武破科
舉占云恐不如予年三年始得力今日休問貴高低明秋或可有望與
十四寫摺兩開半飯後頗暖 大人往內閣明日遞謝恩
在紅杏山房看書一卷
十五日閱硯君門京 大人一早歸飯後訪次聖晤指硯
君不值晤小研子晉友蓮東山與子晉同車至兵馬司胡
衕看柴雲新宅即步歸硯君來閱膺生考試文敗胡
則前錢內所謂毒分辭知脫得指也得俊民於即從之並
陸嶼男力園梧村古何交四叔明日寄風微覺頭痛

十六 陰 椒坡來与同步至查雲新處 遇東之 偕步歸 於雲處刊刹半

七十二吊滿 本年五月廿止 從平园 昨項短 色二兩 平節補足 送去並以唐運全

於一新歸之

十七 大風 寫摺半開 為友蓮書条幅

十八 寫摺兩開 在書房看書七卷 吏部長班房達陞來 通知廿四日考試 謄送人數不齊

十九 寫摺三開半 陰晴錯落 莫同思直學 步至查雲新處

遇子壽 順偏及引之 彥卿 後偕子路而歸

二十 寫摺兩開 在弟擬 後始懷殿試論一篇 限半個時辰 是否要緊

廿一日 雪 午後雨 寫摺四開 在紅杏山房看書一卷 在假西數編宋通

花隱盦

保甲案限三刻收於考具

廿二日丙子（剃頭 酣睡）硯君来晤并晤友蓮子晉小研孟侯兄弟東山張之

万与小研子晉同年至伊家舊宅看，商封兩帽鞍係至内

閣住宿是日談夜班去偕管花生余与常爾濮世兄回

住一間夜洪同帆仍東同帆先回

廿三日卯正起未吃粥用碗即至上諭假原初由題點

名派卷辰正出題（三異論 崇正學策）午初出来在内（同帆在齋）閣力題即

回順街管花生申初到寓夜雨（[illegible]）

廿四日辰刻起刊

欽
取一等第五名　吏部房長附送全單來　偕係拜孫駕航　叔廿
壽慈
甫　雲
考作通賀　年伯　處小雨　拜廷送全單來
廿五日　偕係拜次平　硯君　賀雲甫　俱不值　惲杉來　時軒子初三日申刻中邊　男庭頃至署
廿六日　擬拔來　晚　同拜廷　來陰　微庭風
廿七日　叩賀　年開　坐上詩　叔文偕係拜松師　桐芝師　俱不值
拜桐師　晤談　雪珠　回　順賀硯君　昨日擬縣　晤第晴小
研子　晉　二侄雨
廿八日　晦雨　竟日不止　作致　谷　闈男芷卿　札　稿　在　紅衣山
房看書一卷

花隱盦

廿九日　陰。拜吴次平，不值；拜孫賓航，晤；拜費錫圭、蔡賈陶、甘薌椒，林、倪未晤。賀補叔、汪孫卿，椒坡與晤，嫂夫壹臣、汪孫、謝東三，倪未晤。拜何蘅卿不值，晤甘世兄、子卿。拜荀亭，不值。拜徐壽蘅。烟杉錢硯農、尚乃秋、倪晤，蔡、吴、慶壽，未晤。夜讀文十編。

卅日　以致劭罍，甚欄札。及錫侯，託寄一函致天順寄。晴。拜柳子、蓉嘆。秋晤。蔡、吴、引之法、吳、蔡、徐壽蘅、趙、宗曦。借月帆，未晤。訪子晉晤。并晤。赴蓮小研，專在友蓮。啟孫，歸，問吃，觀同、唐、易、友。蓮小研、子晉、吳、東之、譚、雲、又至小研處，中、楞、卓、卯、安、始。

二月

初一日　答賀傅心田、偪、彦東，不晤。賀董讚樂、吳樸卿，晤。答沈任笙、錢恩福

張湘 李煥文 何栻 張石卿 俱未晤 陰 夜在紅杏山房看書一覺

初二日 剃頭 嚴蘭史來晤談 飯後拜杉師 芝師 俱不值 茶館甚紅

生崇朴山來晤 風微覺頭痛 彭苟亭來晤談

初三日 天氣晴和 步訪友蓮小硏 晤 彝晤 硯農代小硏做壽 少啓

耕訪晉卿步歸上供 在紅杏山房看書一覺 寫摺半開

晤雪

初四日 飯後拜松谿師 晤 拜瑞芝生師 不值 茶 彭咏莪 蒯尚齡 陶

峻崖 翁玉史 晤 拜廷 不晤 茶 戚嵩 晤 彝晤 梅坡 茶 陳梅坪晤

風頭微痛 夜晤 拜廷 來以引之 出拜 張一舟 吏 与彝 談 數千

余

莳隱盦

初五日晴烟杉来写摺半開在红杏山房看书一卷在以庠平纹银肆
百兩交許賓衢
初六日晴燮椒坡来飯後写摺半開郭蔼汀怡典来拜晤
談晚飯後步訪小研晤談即步归
初七日晴暖梅坡来步訪小研晤昇晤硯君写卷摺五半開以庠平
纹銀壹千四十七兩交賓衢庭風
初八日晴飯前頭後拜苓傅东泉顾少瑛徐蓀沈果台未晤苓賀蔼文
翻不晴祝顾史台七十大庆訪蔼航不值訪小研晤在红杏山房看
书一卷以補平艮廿六兩三錢二分八厘交賓衢

初九日晴。鐵乃秋札，借京蚨八千，以示允從命。答（徐柳坪）溫明叔，未晤。拜芸生師並誠叔，昨日壽，晤詩瑞、季章，不晤。拜郭熏叔之。答賀郭蘭汀、李伯衡，俱不晤。

初十日晴。穿三棉。寫楷半開，大卷一開。看書一卷。讀文卅遍。夜看文園文。

十一日晴。寫楷半開，卷一開。煙杉來談，與同年詣椒坡，晤，弗晤補叔、春甫、伯寅。亦來，與煙杉同年歸。

十二日晴陰。寫楷半開。夜小雨。看書一卷。

十三日晴。與少峰同年至煙杉新寓，晤煙杉，偕往賀叠叔吉

花隱盦

訖 訪烟杉晤蓉芙卿并嫣航不值

十四日 隨大人四叔至誠園晤每山頃未初归陰 看書一卷 剃頭頭痛 夜雪未談 方峰借律場差邱進京說

十五日 偕烟杉過盤遇伯寅椒坡周岷帆阮庭陶庵範吳生胡桂

芳元老四午后归蓉陳 元序 晴日 暖 晚上四房又至烟杉處夏府圃

盤遇伯衡吳仲卿归 以廣衡所要補毛錢句以千交四叔

做壯頤園七律一首敬和大人元韻

十六日 烟杉来 在书房看书一卷 又至阮訪烟杉晤談遇姜相舫来 史生来欲借合也

陶庵範做椒坡處煤訪一首 島踏庭花 露滴琴韻 寄之札索吳助印年紀

燕新以京蚨十千助之 洗足

十七日陰晴錯寫摺半開在書房看書飯後訪烟杉晤遇李佑衡抱談

十八日陰晴錯烟杉招陪大媒〻偕同候庭岷帆與四叔仲實曼生同之席遇姜相舫李仲馥陶庵範午後歸訪頌老台晤庵晚飯後步訪小研晤弟晤研農友蓮後至小研寓宵內白對弈定翊乘舟歸得倡笙書

十九日晴暖寫摺三開夜作復倡笙札

廿日朝日赤旋黄沙四起大風以作倡笙札寄四叔明日寄騰前做課詩于白摺所選樹坡雲少峰場義韻可歸

花隱盦

廿一日烟杉處過䑸佳賀隱因阮庭與少峰沈仲復何桂芳椒坡同一

席午後同歸寓訪小研晤並晤硯君子書還寓駕航巷談在

小研書小研房吃點心至刻步歸少峰往湖州

廿二日剃頭蘇杉續發法賀玉女家迎䑸陶曼生椒坡初寓同

住未後席即歸四杜燕山處吃飯擡頭剃歸擡少園二月

初四酢處札

廿三日晴前日駕航面索詩扇隨筆文清恂逸人贈之世京一軒

拜新甫帥晤談玉烟杉處見札在烟嫂上房坐半刻歸晚同四叔伯當

廿四日小雨旋止陰改前所做鳥踏詩佛以白摺臍請送新師處銘之

内子至烟嫂处在仕表山房书房有书一覧鐵乃秋来先在茶舫
坐良久在大人书房内坐读仰吉同往少园札
廿五日晴日間烟杉来傷風館後風茶嫂桂竹生頤在金山河游存
廷倌来瞧以藤少園札家中叔明日寄頭鄉痛樵季
廿六日風大伯父许出城烟杉樾坡補莊来寿丈一覧夜雨
廿七日小雨四叔伯寅至迎園妻祭雨旋止仍陰飯後在仕表山
房寿丈一覧拜小研寿晚仰归閲鐵耕陰陽文詁
一本晚飯後又雨園花甚盛
廿八日陰至陸秋拜咸甫補莊樾坡烟杉偕丑伯叔寿忌辰

補隨筆

椒坡与对乘の禅暇陶庵範小研期三诗写航集尚未起也研君過

晚小雨在仁安看書一夜

廿九晴任陵小研来祝壽东山亦至三人同访椒坡暇並暇成高

春甫知蓉島館採诗已看出殿述高评共三十四卷二刊

弟五与东山小研椒兄春甫同至观音院茶话陵々分路而

散访烟杉集明日即赴館也

三月

初一日晴仿椒李採诗一首杏花城郭青旗雨维杨元枚 写摺一開写誊本 採诗一首

仿採诗一首 周诰殷盤 日文学应梦庵试陶庵範劝亭诗中用玉階字 讶今科中式者俱用此 三十也

初二日晴写摺半开在红杏山房看书一夜阅任氏三月初八书剩

頭夜小雨

初三日晴 飯後拜叔翼航 何藹卿 仲暉（王棠故青士姪） 少峰自揚州回 與之同

叔伯寅付 大人小鈔 晚雨兩次

初四日 爲祖母談 大人忌辰 上供 寫摺單（開在江蘇山房） 看書一卷

與少峰書 請假 寫字帖及手本 戳子 用白摺 謄 周話殿盤石

開新師丁内艱 即往唁

初五日陰 傍晚小雨 寫摺一開 新師下帖十六開 弟 以後 民書寄○

四叔明日壽○ 夜雨 書房頂漏

初六日立夏 陰 西瀛做課 詩一首 賦一日月 寫卷摺各半開

上之意 全

花隱盦

初七日陰 習覺柳夭半開 晚小雨 乘少峯 山 便車 訪小研 田芷卿 三月三十

[illegible] 五日札補叔要送來

初八日雨 做課詩一首 蠶篇泥新 雨未乾 陰晦 飯後與少峯同車訪烟杉石樵

大同訪周院庭晤談 吃点心二盤 即同車歸 雨止 偶見日出 旋陰

在江杏山房看書一卷

初九日陰 何藕卿來 寫摺二開 騰爵所做課詩二首 杏花 畫嘴 與蒼屋庭

做杏花詩一首 晚小雨

初十日 祝補叔壽 晤椒坡 稍坐即歸 途遇蝶仙 飯後寫摺半開 在

江杏山房看書一卷 鶩航來長談 搭篷 連晴

十一日　晴　寫摺四開半　卷半開　月色甚皎

十二日　細雨　偕叔昌三月二十日寄芷珊三月廿六日寄　剃頭

十三日　陰晴　歸　晴　說李薌舟友人壽兄丈二子至拜武亭師不值　少峰指點

福興居一叙畢　同甫亢者　蝶仙在座　申刻散　鄉兩即止　途中

去韻芳處　夜讀文廿遍

十四日　晴　風　考差題曰樂民之樂者民亦樂其樂必有君其乃有濟有

容德乃大　濂溪來　叉乃去　晚後讀文廿遍　月甚皎　早飯

後訪子番暨并晤硯君　四兩　藻三　吃伴麵　茶後　與子番接談

長談步歸

叁

花瑞舒招戴朱

呂

十五日晴風復分男芷珊書○跋少甫孫一函○復娛節○並大人次

平女僕三函○復家天順書○收少園書○家○叔明日書○早

向花園守紙簍內炷燒成及屋牽即撲滅

十六日新師雲開弔在文昌館已刻往申刻歸晴暖肚痛

十七日晴暖晤胡徐拜吳次平吳子白師郊不值晤新師眼腫

十八日晴夜浴

十九日晴拜何蒨卿吳次平送新師行明日假睡以睡鼓十二四名勤

自送新師以小劉王士使二千京力四千京送硯君不睡二小研歸

吳次平來剃頭寫摺半開

二十日晴 做小研家課詩一首敬天勤民 倣係以白摺謄之即交小研 在紅杏山房看书一覧 札致吴子白房念毛纪于五月初六来 夜風

廿一日晴 在紅杏山房看书一卷 王少坪来面交少搵丽涛之札

写摺半開

廿二日晴 寫卷摺各半開 心銘假箋 倣民贺札及汝少園札

○廿三日晴 以賀少園札 內子札并扇面交天順寄○ 送硯君明日赴津晤并晤东山小研子晋 即归写卷摺各半開

廿四日晴 访子晋晤 并晤小研 东山友蓮约东三小研同至天錦高

花隱盦

一叙賬用兩千千十二加二千　八月五　折夜雷寫摺半開

廿五日晴答汪　茹鹽　王少坪　拜石佐　辭行　拜彭芍亭暗遇周　芝稣　吴季眉　小研　歸烟杉来寫光摺多半開晚飯後步訪子雲暗并晤季三小研季云　與季雲小研　談夜雷即乘車歸

廿六日晴　小雨陰半日　寫光摺文半開　倣小研変體詩一首　孟石草木長陰晚雨即止飯後步訪子雲不值而返在雲處看书一卷

廿七日晴風寫摺半開又作摺騰昨所倣詩一首寄柳橘柳馬謝柳禊　倣禊詩一首勞蒼　功民　僊

廿八日晴風賀松師取娘　送分四　方千　晤松師遇芝師　雲少

谷陆冠英伯衡倩葉蟄和蓮塘坐一廳午刻歸飯後訪子晉昆與子

晉叔畫數逊吃點而歸喉中作鯁傷風

廿九日傷風未愈顧彥人來屬開清虛之刻晚向旅之

在書房看書一卷用白摺繕課詩意三張和民茶吳季眉

拜少平師沈菁士和寫賬修璧再玉少坪來略覺

世理一新即遣人以陰騭文詩由人送蕭野之

三十日寫摺半開寫小研字課一本共八十字晴在書

房看書一卷知石生師于三月初八仙去

五月初一日晴玉松師芝師桐師式師以上送……雲賢節禮未晤晚間

亡兄……

花隱盦

投壺夜雨雲甫主考　呼延根要如主考　左暉
蘇慶醒　華觀三
初二日陰　大人請重闈在上房觀芍藥四叔少峰伯寅幹臣在
坐桐師遺人屢送節敬以坡侶笙札并帶少霞咸甫卷文如完一
村借托少峰帶來　沈菁士來答晤看書一卷字摺半開
初三日晴訪子晋晤并晤小研寫摺半開飯後詣雪亭師查
寫雪節答風錫儒偕来晤三叔在伯寅上房看芍藥大
人四叔補叔少峰椒坡在座又步訪雨香晤并晤小研与投壺對夜大
雨亥刻回
初四日剃頭洗足

初五日嘱少坪师补叔烟杉不睬买吴成高椒坡睬

归偕又贾子书昆仲侄醇留吃麵吃點数子晋彝少丹与伊

昆仲拨壶数巡戍刻归张謇詩已看出予列第一某第二許漢文評

初六日写摺半開吴子白蔦毛侃來三叔壽平同友蓮来

以前舅冊頁廿五張俊氏冊頁二十張託少峰交源記寄蘇補叔楙

坡来

初七日風江中时二忍惠每日晨吃不下飯甚内子至友蓮處聚餐

友蓮招吃夜飯与小研对弈后在友蓮房内同友蓮手香坐一席

菜甚精潔飲甚乐亥初二刻归大考差題以文制事以禮制心論樓觀滄海日濤

[illegible]

花隱盦

初八日晴熱。寫摺半開。

初九日寫詹庭府拜壽一本，寫摺半開，大字數十。熱。

初十日寫摺半開，大字數十。晴熱。寄易一巷，復秋樹詩一首。

晴。秋樹、蓉卿同訪，謄子白摺。考試麓生題，為子貞銘吉告朔之餼羊論。經官惟賢才策。蟬始鳴。夜月。熱皎。

十一日答杜畊、陸壽衡、王少坪、陳先庠、楊卜臣、俱未晤。訪何蕊卿晤，至諸公祠赴顧東三招，與陶述甫、伯寅、小研、東三、叔朗同一席。蕊卿、麓生同來。決草稟。夜月甚皎。

十二日晴。致王考福建羅惇衍、徐士穀、廣東萬青藜、呂佺孫、廣西劉竭汪元方，飯後訪子晉，因避風未晤。答郭襄之、楊輔、楊格西，俱未晤。晚飯後又訪子晉，晤，在上廣。并晤小研，與對飲數杯，歸已亥刻矣。寄政和吳子珮

十三日晴。為吳子白書團扇一方，寫摺半開。飯後步訪子晉，晤，并晤小研，與子晉對弈，吃麵，亥刻歸。

十四日寫摺半開，歸科卷半開。飯後訪嵋航不值，訪子晉，晤談，亥刻歸。

十五日寫白摺、歸科卷各半開，大字百餘。庭月團欒可愛。獨看歸科題，伶君子不惡。呂文樓來，談同學事。

十六日步訪子晉，晤，稍談即歸。飯後步訪子晉，晤

花隱盦

答曹頌麟 訪北堂梅式亭師不值 看書一卷 夜讀

文廿遍

十七日晴 看書一卷 寫楷半開 飯後子晉來 因留吃麵 傍

晚归

十八日晴 飯後熱 烟杉來 陪吃點心 與周年玉子晉要時 子晉去

三點鐘归 大雨即止

十九日晴 華頭寫隸對叁一開 臨九成宮兩紙 楊蓉坡

梁卿來 小雨即止 裕同協和李補臣趙相卿丹鍈雲雁汀 左

晚杜 是[illegible]

二十日陰晴錯 飯後子晉來長談 三點鐘去 晚雨即止

廿一日祝翊君病因未起不值，於式師賀相偶，俱不晤，訪西崖

攸甫卿晤，以芷卿端午日書並賀節內致楹一函即交去，壬叟一琴並

廿二日致王君閩韵 吳保泰 高松年 四川 何彤雲 徐樹銘 寫錄科卷一開 式師來

飯後臨帖三張，兩卿止看書一卷，為何子白寫屏幅一方傍

晚子晉來戌刻去 飯後四點招同天聚齋一敘，與子晉同車往，仍同車歸，夜共談古書

廿三日晴 臨聖教序二張 四日 訪子晉晤，并晤小研，與子晉對弈

一桿即步歸 曾祖母貢太夫人生辰，上供，寫大字二百餘

次平太夫人到京，訪子晉不值，訪烟杉詞彼平，俱晤着

同子白來，晤早向桐師來

花隱盦

廿五日大字臨聖教序百（彝）六一卷

廿六日吴寄梅来（小研送）。錢天勒氏保羌來馬介祉評余取第

二讀文廿遍。剃頭沐浴。

廿七日拜式師（門自一等）。晤説桐師壽，未進士。答許謝臣（名成佐，行三）賀彭

琢義，拜苟亭陳小園。答吴寄梅。作不睡。讀時新刊

京兆社往時假翁同寫録科卷半閱金林東兄送

外舅種村書。並外舅所寄批件。又種村跋悍

亦錫候一函。讀文卅遍

廿八日烟杉来。讀文十徧

廿九日以路至吴芷卿少園種村札交四兆明日寄○ 值洛仙

寅翁至以有陈若小屿三四次揖筆少峰在座 陰 夜雨

上回少農書○ 讀文廿編

七月

初一日 賀少坪師 答王補帆 僅晤 移河蓂帆不值 訪鄧小

研晤 讀文十編 寫大字一百 寫錄科卷半開 看書一

卷 午向附折來

初二日 陰晴錯 讀文十編

○初三日 陰 子農來 在上房吃飯 出房吃点 吃夜飯 至新去 夜 以到三隅済銀程字華一札韻香之小研不來 小研先生

讀文十編

花隱盦

初四日陰。做小研齋課詩二首。手不驅蚊。坐對青山讀異書。

初五日陰。烟杉、梧以、眉蓀、芳辞之、時軒來，見稿，前日倍將寄

訓文叔二函。伯机詢之，夢生、峰明日寄。

初六日陰。仍寫字。弟五班三日去，於隱峰、椒坡、時軒來。

初七日晴。西磬延做課詩首。坐對題。寫縣科卷一角。

初八日陰。剃頭。玉函、秋見、補叔、隱笙、椒坡訪，烟杉、梧玉、詠公、祀園。宮清廿中平欣。小雨。坐雨庵。

朱錦堂、鳳、玉山、周岷帆、唐白華、沈說齋、情。枕晴。王補帆。嚴緇生。

恒裕亨、伯寅在坐，申玉敖、玉朋、有怀、芳舟、瑶笙、時軒、悦庵。藥蔵書。

大人三四叔、補琳、少峰、椒坡、仲寅在坐，賬開二千餘吊。一去

新月

初九日　陰晴錯。寫大字一開，録科卷半開，謄課詩一首，希卞來。蔡汝琳來。（見甫先生之孫，景高之弟，秀商華）

初十日　陰雨。陰。往王補帆晤荅。余汝銓、蔡商華不值。小雨即止。以偶與景高、沈商華、傳家修氏築于十二起身也午。

十一日　陰晴。胡桂芬來。同分易男并册，並送冊所修山舟字蹟一册。雨亭、黄甫

十二日　晴。送少平師明日川。蒼胡。桂芳送煙杉赴婚，代來時。訪叔坡、附軒，晤附軒來。五世祖母六太夫人忌辰上供

十三日　安姨太太廿周年忌辰。至發源寺做拜忏。大人蒼胡

已意奎

雨亭投刺，知已赴主考門。吳賢基、沈桂芬江西，沈兆霖、龔寶蓮湖北，馮培元、彭蘊章

十三日 友蓮、小研、子香、瑶笙、樹堂來。午間與謐師、淑石、畢亭

友蓮、小研、子晉作雨，弟坐一圓桌。友蓮、小研先係去，晚

與子晉、畢亭同吃水飯。小研約課同優云閣底一敘

時蘭子晉來刺去，寄枝芝田信。○交天順內有致畢西書文信○

十四日 至恆秋谷、瑶笙、淑坡與時軒圍棋一枰。小雨，訪

友蓮、小研俱晤，即歸。寫蘇科卷半開，看書一篇

十五日 寫講科卷半開。四叔得一妹

十六日 雨，寫課紙卷半開。晚在紅蕉館小酌

十七日寫録科卷半開做課詩二首有朋自遠方來

十八日做課詩二首隔江一道月分明時微雨讀文十編

十九日陰做文天下歸仁焉 為仁由己抄以録科卷謄之讀文十編晚与如弟對奕大雨

二十日雨達旦不止讀文十編看書一卷寫録科卷半開

廿一日讀文十編謄詩四首

廿二日汪菊泉張瑞棠金國均陸世貴黃稷頴培湖第二期課詩看書王補帆閲全兩首俱取最一地保潮壓讀文十編

裕隱籌

廿三 仿文寫于錄科卷上題目（小不忍則亂大謀）看書一卷

廿四 辰雨晴 仿詩騰于錄科卷上 仿僃用策問寫于錄科卷上

廿五日 寅刻起來喫米粒兩小椀至國子監錄科 辰刻點名巳刻出題（巧言令色鮮矣仁 日氣和風雨）向任子由初八日題甚

廿六日 晴飄雨點 午後雨 得少園五月廿九所發書（十一抵）看書一卷

廿七日 晴 送書與隸周通知錄科取廿九名進城 賀芝師

廿八 茂和桐師約來晚逞 中甚熱 定之小雨 時作時止

陰 晚向小保處抄閱過思捷之 夜向大夜雨

廿六日 假得祝友蓮壽眠并眠儂研子書集三部归

先日已校書畧并册於園松舅札稿寄四叔明日

寄郵。僅寄松舅。看書一卷

七月初一日 附軒録到 同四叔從檣東瞅壁中寫五經一匣 大母四壽

一遍命回話子雲眠即归録田心二首 手香新書録樣樣 若曾青云樣

說 將畢進佳課題又附軒考試陰讀文一篇

初二日 晴 答屐看三眠訪小研眠 看秀詩已看抄譚惇卿評

余取第三看書一卷

初三日 應祖母壽辰補叔椒坡附軒陰等 友蓮來 分向

初[illegible]

坐雨齋

初四日讀文三十編。嚴蘭史來，寫摺半開。

初五日讀文廿編。

初六日做詩音題，為寉向（徐仰之）余位諸凡。夜乞巧。夜半雨。

初七日四叔云新妹劇頭躁，身極煩，時邦來坐雨

席以寉向詩課（廿六卷）囑劉心石評閱，餘係蓉楊鏡

士祝四叔藏六十大慶。蓉嚴芑生蘭史呼蘭史

早向大府秋蓋。沈錫侯以對一卷、信一封託齊穉村

即交吳順卿帶蘇。又以寄字第四号书箱託家

桐茂典汪[illegible]嗚盛 芸詩及大人寓中所存蘭一幅贈

晚晴，夜半雨

初八日 放主考 山东 [illegible]浴礼 山西 吴溥 杜学礼 河南 陈文藻 文毅

燕山来，次早託寄[改]郭圖家信二〇，又補叔東旦持寄〇

初九日 重訂壽補叔 椒坡 附軒 烟杉 古蓮 小研 仁山來坐坐

夜雨

初十日 做詩二首 天下太平山 余定課第二題也 和鷺航來

十一日 答謝 樹林 補叔 椒坡 附軒 張太太 古蓮 小研 送吳順卿 十

九月 晴 前晴 子晋 晚雨 劉仙石送課詩來 予取第一

[illegible]

補隱盦

十二日 讀文廿遍

十三日 鄧清淦丁未來代 大人公之讀文廿遍

十四日 早向少庵讀文十篇 看書一卷 下午曝書

十五日 陰晴 錯早向將神佛 訪于齊不遇 以事類賦廣事

類賦 借壎子雲 讀文十篇

十六日 晴 曝書 收曝書 校子山書 校少園書 即任子

山精校 何賀錦 又校 種樹少書子伊 贊尊 交教十學

讀文十篇 剃頭

十七日 曬書 看書 畢

十八日

十九日 李西人为请分岁日 衙门应卯 沅弟来

二十日

廿一日 晨出步至后街访东三不值 有途兄弟 饭后阅阳 【答沈宝之】

师母寿 致身 拜桐师 叩师 偕兄明显 痛与瀛仙

对宾之样 同新甫 师知书 士象送来

廿二日 同至过海六月十八 如 笠华 瑞 揉搜 亚 拜笃

饭后 候至后街 访东三 不值 即归 东三来

廿三日 晨 以新师札 以送册 蹊搜 拨机 送黄春来览

花隱盦

晚飯後訪東之，爲岩廷定花輪。讀文十編

廿四日 雨。陳子嘉送卷來。讀文廿篇。晚集

廿五日 叔田、青士、心玫、耕師、枕琴、曉楚、贊之（六月内公禀）

訪東之，仍爲花輪。子飯後寫卷面，即送子嘉處

以卷費二千五百投徐贊，即以蔡甫集款（其子之送即作來） 夜半雨

廿六日 看書一卷。汪甫兼從安愚部〇，又以叔吳引之和篤

般若壯助會捐資亭師壽啓。陳伯蓀（陸肇庵）

廿七日 讀文三十編。星巖下計，初二文男飯。晚間大雨

廿八日 子嘉送卷費來。風涼甚。作爲舊日男七月十二日〇補

擬畫史讀文卅篇

廿九日 祝太岳父壽，送如意屏、蔘冊、帖、瓜桃糕。大父年願嵩一席，未刻歸。晚向又來，彩傀戲，亥刻歸。

三十日 做文，振君約人游，人欲雨止，乃勝。

八月初一日 友蓮來謝壽。讀文卅篇。少峰交到茶花代刈之卷，夷萼件。晚向東三來。

初二日 送顧吉人文、星帛、陸呈、蔗、竹、扇、手帕、烟包。晚看書一卷。

初三日 蒼弟過訪，顧子山、陳安甫、高福叔、椒坡、時軒、陸璧、仁山

補闕篇

成高友蓮小研、子青來，晚與子雲兄弟同人慶□矣。

初三日 李㘵卿來。

初四日

初五日 萬航來。

初六日 徽石搬小窗，放主考房官，硃卷來矣。

吞之兄、友蓮小研即歸。

初七 祖母生辰，約陸封、沈慶（因十峰）、胡同小窗，補叔椒，姑村封成。

高生甫來。

初八 午刻，送陽少峰回。坐西疊（上燕坡同）宙第二號號舍，稱上有橋井云。

初九辰刻題目未帶到即做

初十巳刻頭牌出場　大人少峰來　申刻　大人歸

十一午刻進場　少峰歸　子正題目未帶到即做

十二做經文

十三辰刻二牌出場　大人少峰來　申刻　大人歸

十四午刻進場　少峰歸　先補草稿

十五卯刻題目未帶到

十六卯刻頭牌出場　在小寓稍待少峰來即同過

城辰刻到寓　劉頤眉士先　蔣椒林殷史未來

花隱盦

十七　補叔來　仍寓　招同叔椒坡同訪陳笙西天眾丁叔頌侯

蒼硯君忠台戚甫　晤黃滕友蓬　以研子馮索三椒坡弟蒼引之楊

楳甫以定陵手軒　榜青　以卅稍娜許加珊回青出邑相兩孫

看書一卷　吳廷生皆

十八　看書二卷　大雨止　雷電風　下午晴

十九

二十日　飯後訪小研　以壽晤子馮友蓬寓　後分覓書若播

伸文天順回　送珊札二　加馮札　劉定青生玉山陸甫

楊鏡生來　看書一卷　楳季

二十一日 發安吳信○譜仲一部○交天順○附少峰季蘅子青 晴

二十二日 剃頭 鏡侯 王臨軒 賀椒坡 如期 歲 指 楓師補送節 賞敬

敬內一千 祝楓師壽 補送內一千 茶 王韵 茶 吳劉

之頤 仰耕 劉硯青 蔡尔 不 子馥 王補帆 何小宋 小蘇 王

筆山 許雲生 韓仆山 武彥師 張安門 唐仙 貝閩生 陳

鍊芳 王家鑑 唐寶師 溫明叔 愛伯 車 瑞少茶 張 福佑 呈

子白 晴 次平 陰 晚 夜大雨

二十三日 大風 頗冷 寄友鼠禹耕村詩完 唐蔭 照 禁 批律

訪初集 看書一卷 次平 批辞三

荷隱盦

二十四日遣小王氏並師要補送節敬門事，欣寫屏叙，保廿答

楊鏡士、季亭師、陸星伯、李少荃、沈東壺、葉園，自陳小圃

顧少隱、王少坪、嚴錨生，訪煦舫不值，賀笑次恆補

星槎章京，君椒林晤，拜方允鏐、程蘇，因現光略

明日呈請已辭之，訪子壽晤

廿五日孫萊山來拜，楊十目送硯，君明日門晤，并晤

東之、小研、子壽對弈數坪，吃素麵甚佳，陰筆來

代四叔爲厝祖母青官宗室舉人覆試（請薛徽權）

廿六日寫覆試出一冊，看書一卷，雨，女人友請位

福居侄福軒

廿七日 烟杉來 早訪陶 福基來 敷九公生辰上公

廿八日 答文暉 陶 福基 至東奥廳 赴烟杉招 汪鶴樵 沈春甫 瑶笙 椒樓 附軒 伯寅同座 訪子青晤 并晤東三小研 友蓮

廿九日 賀霽摩 雲舫子招 烟杉 訪子青晤 并晤友蓮 小研

閏

八月初一日 至陸小鑑處起課 云暮而不售 又以廿七丈令田姑占之 又命李生占之 蘭 侵云不中 見鯨鮚來 庶看出一卷

初二日 同少峰同丰 至張子敷處起課 云必中 且云 危濱內

[illegible]

必有三字或六字 椒坡時軒來 剃頭 看書一頁 寫

應試卷一冊

初三日 剃

初四日晚間孫子敬來看 大人 四叔 少峰及余算命

初五日答訪鹿仙 彭芍亭 孫子岡 遂同閏生 錦帆

羅丘權 魏勇操 訪小研 時與對弈兩枰 并晤友蓮

東三瑤登 擬天聚以欣 補叔 椒坡 時軒 伯寅咸爲

素甫在坐 落暮小雨 大人往周閏明早回 大文康

謝 賞中秋製詩 似剃楷也

初六日 小雨

初七日 風

初八日 飯後隨 大人至琉璃廠四叔伯處亦去遇補叔

椒坡附軒咸甫春甫文彦陸以鑑起陽例云不作值

椒坡附軒亦云不中 又至馬口委算亦全保亦云不十本半

中 椒坡至雅附軒不中 飽 大人至順興候子

叔伯處在座

初九日 新聞知附軒中式二十四名 飯后補叔椒坡晚茶解

附軒來 知省署已錄文 中式四十九名春甫亦中

花隱盦

初十日訪杏庄（和倫、若平、蔚樓、荷卿、賀）、萍江、再賀、紫補、彥宗、賀蟹航（叔式）、菉山、嘉孔

晤賀蟹航、個臣、冠軒來，又至逸秋、賀時軒（晤），訪杏庄、賀

張頌香看書一卷，知擬取騰錄十四名

十一日閱騰錄全單，知椒坡取騰錄三十三名，鳳在四拼內

未晚，盤谷師偕伯蘅來在座，知卷為輪高師所薦

十二日椒坡來，看閱新闈墨

十三日陰晴。歸

十四日新孝廉送試題目，報分數，叩明師，在和府字

謁輪師，不值，晤出十臣，看輪師薦卷，蒙知頭場批切理饜

文章宜神理次三元序詩書之揚抑安頓腴潤
書文要字斂伍引文以首句作主要爲以
荅孫子岡題韓蓀小石王補帆同小宋以建
直幅屏書爲東之聯并聯小研
十五日陰巳正出門竟晚訪小研晤并晤
東之同文多基駿昇向時軒來
十六日大人命以趙氏經跋文銀廿兩函
交東之夜達留晚餐西子有達小研座

飯後辞八戊新伯月色寄殷搽八男並册去。

十七日剃頭。薇雨、子岡來，以圖章二頁贈。

十八日大風。謁韞師，贊司叔帖還之。門上之。

訪鶴舫，晤并晤菉山，以思補齋筆記送韞師。

十九日風。寄家書。民安天順。并順天府墨之彩。

二十日看書一卷。大雨，拆篷。

廿一日晴。以洋炮一匣贈友蓮。夜飯，燒羊頭。

昔閣存壽王庸菴、黃一、陳蘭卿、蔡蓉階、子岡

西涯林晤椒坡竹軒

以相山民信。

訪椒坡，晤吉甫、李小圃。

贈子岡

廿二日晴。楙林來。夜大風。

廿三日　大風，看書一卷。夜吃梨一枚。

廿四日　微風，夜讀文十篇。吃梨。

廿五日　椒坡來，夜同閱南榜，吃梨。

廿六日　晴，同子玉、天盈寺看菊花，同修民書。夜吃梨。

廿七日　看書一卷。以板紅柳弟六號一只託陸船家松男處。

廿八日　閱山左闈墨藝詩一篇。題山莊。夜半雨，達旦。

廿九日　歸，仲梯木廠書在紅杏山房坐。小雨，冷。復修民書。

九

并山东甬墨一种○交花家○

月初一日風　數九以后上任

初二日拜大廳宗風　閑甫以生后上任

初三日祝子雲壽留吃麵與菊生东三友達小研

子雲季云西雲同一席　又李蘭舟東太藩

初四日羅直人已在　詣支人生在又上任　沈壽

甫報穆輿年陸笙成高補林椒樓伯演

時軒在坐　洗足

初五日剃頭將果過糚于山安高陸等烟杉
東茀向坦留吃飯
椒坡时軒子晋來賀次平諸賀鳥航并晤蝶山
初六日出晤琴玉次平雲臣祝椒坡时軒伯寅
同往申刻悟琴結親友兄弟來祭
祖兄禮待新人
初七日見禮出晤琴瑞安时軒招萼舉辰偕賞椒坡於春省瑾同雁出
初八日祝次平丈人壽晤朱子安余陶軒吳
惠禮

初九日与伯寅同车游天宁寺椒坡陶轩春甫威斋同往四叔处与四叔同车归

初十日陶稷基来谈 拜郭蔼町仲和谒相师

十一日晓棠与韬庵两游花草姊同游谢公祠及諸梅院

十二日会萧致观政平补敬友莲少研子秀椒坡来坐二席 同秦少周扣

十三日惜寿士殇四月代 大人阅课卷看

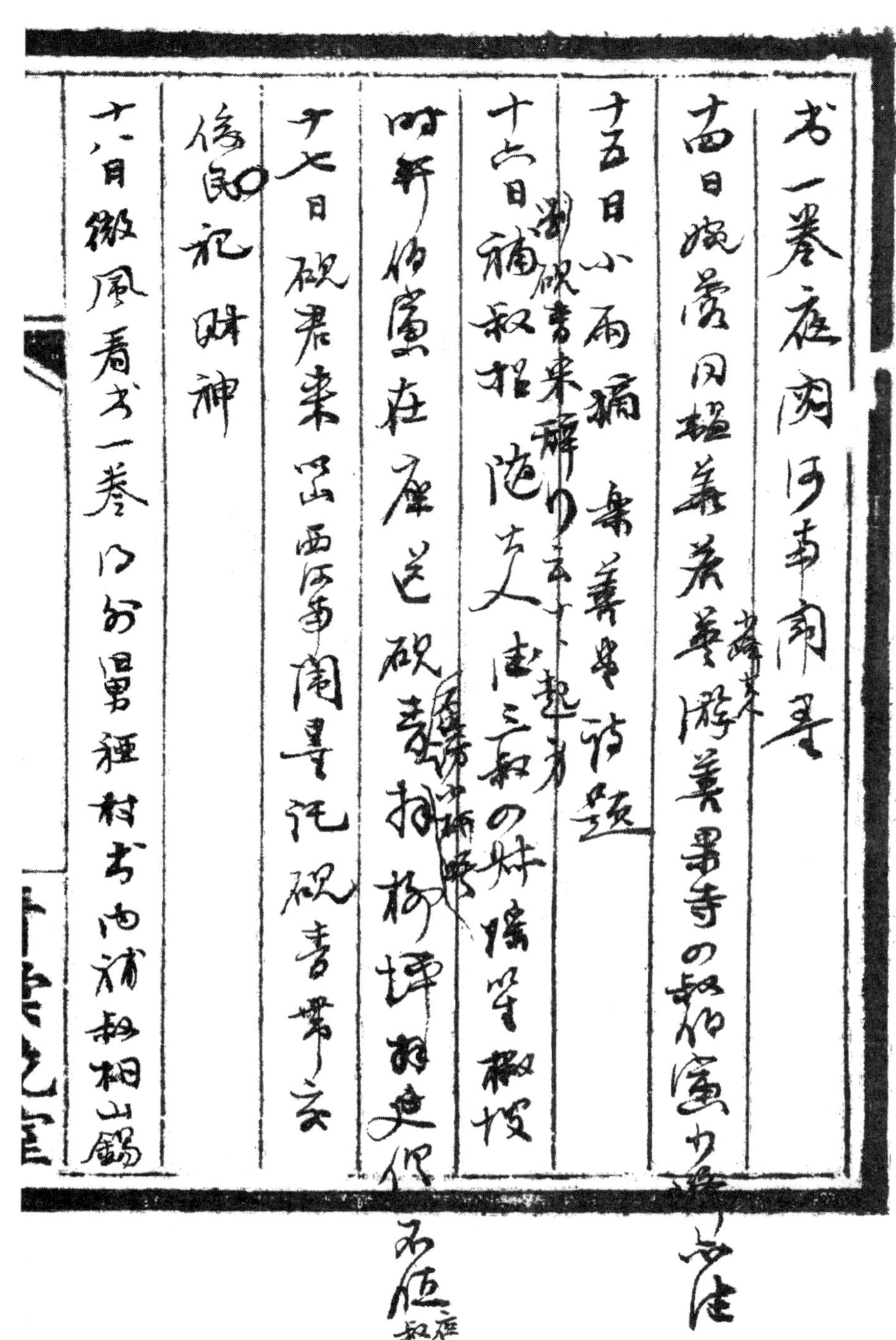

偯洪平臣印分送

十九日仙蝶来

二十日椒坡晴軒来 大風冷甚 張子岡来

廿一日冷 微風 謁桐師 芝師 贺伯江南闈墨二

本旧途遇四叔伯寅同至門樓以吕一辭

廿二日看书一卷

廿三日 張子岡来 嬸蘅生日 隱笙 椒坡 晴軒来

在半舫与愚亭謨師同坐一庠 復到畧步園種

村中交天脈案。頭痛

廿四日 痛 高宗詩題（旁注：香羹初集）

廿五日 陰冷 痛 高宗二集詩題

廿六日 陰 送（旁注：柳塘來）吳昆禩 朱子安 時贊航 陶韞師 時十

日 知韞師初六歸（旁注：惧）雪

廿七 陰 介生送拓照來 傍晚訪柳坪 除作

不值。

廿八 五世祖母朱太夫人生辰 上供 同侶笙知。

廿九日　交今假借目錄事說日往士論

三十日　閱東萊博議畢卷以錄照行冊拔借重賬錄拔備

十月

初一日剃頭　娘蒙生辰　叔彼回轉隊筆查志八来

何在太醮中向与伯寅星亭瀛仙坐一席

友蓮来　夜伯大人在工房中向□□四

樹叔　伯寅三身同座

初二日　少峰生日　看書一卷

初三日　蔣自生日　修之受頂補姊烟杉　瑶笙

来与照亭謹師　樹彼時□伯寅□

弟在大醮廿向坐一席字分局

安天順和夜大風

初四日著孫友蓮撤坡附（老八弟信）致僕臣晴小研

与樹坡对奕二盤時許一盤

初五日樞師來辭行作与少峰（同年）函西茶色卷一將為

琴庄買眼鏡套一個（二弟）搭連一个（一弟）

初六日伯寅生日往賀相陪　當騎馬至東著

色一將（差）買圍花洋金眼鏡套一个蝴蝶杏花繡件手帕

一了拜陳柳坪晤以數借印俟暇法二本西安訪緣
筆不值
初七日晴飯後至西芳包巷一游買得翎珠一串
初八日晴夜向四叔代東在濟之來書房約向小鵠
初九日萬壽歸寓暮春備不
初十日收信筆如家廿峰明日寄
十一日風看書一卷集文海剃頭
十二日集文海

十二日丙午偕寅同年訊楙授壽晤補狀咸高
壽甫椒坡附軒歸陂程雪舟狀記名軍機章
京做詩待滿宮門鎖開乃朝字
十四日讀成昨所做詩次早招悟琴曉闻藩
招子琴花暮悟琴福白子香亦與同年
東昌吃夜飯歸以洋金眼鏡套一付備
以衣一丁罪叔六桌謨
十五日大雪改昨所做詩仰得五絕衛

送硯君明日赴津昨許師山觀以所做詩西房東之

以白摺謄之晚向送來即交椒偃

十六日看書一卷做詩一首付英妹生日對船烟雨梅花二幀風冷甚夜月甚好

十七日看書一卷　先祖考雲浦公忌辰　得外甥書○

十八日看書一卷　接外甥書○來歲小憲書一本○作寄天順書○

十九日大雪　剃頭　夜在四叔上房小酌　作寅恪壽蘅瀛仙同座

二十日看書一卷　剃頭　烟杉王禾山來　近日寒甚

廿一日冷

廿二日 飯後祝陳柳坪太夫人壽 於張子岡晤

廿三日 庭間 大人作東在上房中飲 伯井伯弟在坐

廿四日

廿五日 庭間 仍在上房中飲 大人諸叔及

諸弟在座 於偏諸賓無皆看出集飛第因の

於王惺甫晤 又并孫子書少穀山處 大人處亦席面高間并向度希托子 ［局務段］

廿六日 祝何葉嫂壽 與補叔椒坡冠軒咸高春

甫伯寅炯杉陳等同席 於楊麓士晤 以

俊民 ……

廿七日 祝次平太夫人壽 與西研友蓮子晋陶
村學愫 馨庭同一席 晚同次平歸 復留飯同坐
者如前 睦如以次平陳某壽 二人言已與子晋同車
歸 聞毛庭伯寅旺東 家遇
廿八日 祝友蓮母壽 即歸訪子固不值 晚同
友蓮邀晚飯 同坐爲青萬生東三朱大川及
友蓮吳仲の人 吳利 歸 同坐者暁蓉蕭
廿九日 冬至 庭侍 兩大人飯 在上房中 同吃

飯後平来以声明徒步往隱筆轉陵柳坪

○十月

初一日卯正二刻起来吃 飯一碗 至西四包卷

一牌至吏部投供午刻归 椒坡攜筆来飯（以带写字之眼镜眼镜套一個）

後同伯寅步至西秋見椒时處 高与椒坡對奕一枰

（壽伯寅同至玉隱筆書數文字後衙畔于壽友蓮）

晚同看书一卷 友蓮来 婉蕙至婉蘅處打牌

初二日冷 王理甫来 以烟市江西閲墨及一本○ 家四叔明

早（托）家汪西疆、丕庚帶家俊民集于明後日即啟行

○○婉蕙至友蓮處 叉成剃归

初三日晚同伯寅拾(恰)翁瀛仙在上房飲卮數杯
初四日剃頭大人生辰恰琴做壽畑(烟)彩椒坡附軒蓓(?)笙楊來壁耕坐三席
鏡生、余陶軒補叔來晚祝吳司之四旬大慶
與子晉同年歸庭與談，用作大人在上房
中間小飲，請叔及子晉在堂伯寅來與
初五日至愛翁壽暖子晉椒坡附軒看去一巷
初六日四叔母壽補叔來荅誤(?)岳舫陶軒訪硯君不晤
兄友蓮子同晤，及外舅並冊(?)坿(?)，甚蔚公生辰初七日大伯母壽烟杉隠篁椒冈補叔友蓮仁山来与諸兄弟西廂在半舫坐二桌 君訪王理齋眠蘇眠子晉子吾蓉来僕君王安示以觀岸不順而去風羅庭權来

初八日飯後張子岡来 傚訪一首 小畫寫獻是隨贈

初九日步訪硯农眠蘇并眠赤壹二以〇叔助莊公京蛱六千面交庭月甚好風

初十日飯畢約畧若帖冊 如〇書 安四叔寓 明日發

十一日 修改在上房檢點翔珠至晚方畢

十二日 与四叔同母至門框見呂雨稼買得松石翔珠一付 水晶佛頭珊瑚記念 十六弔 日昇點心 吊琴小齋家來

十三日 託四叔至琉璃廠買得青金石搭雲一串晶墜腳の草高

十四日 吳次平來 做詩一首 雨雪 同立局取所買翔珠來剃頭 椒坡來 載塗 費大理至 一吊

十五日 訪子晉君羅鑑平翁賀云 蒲以椒對房 時舒來 日大次平

書錫與鋪送所打金墊來 薄暮悟琴本來 公奉慕文唐 百吊の 遣去

十六日 補叔霄妹周歲 大人往賀生二席 歸卷 宛若之去 同若英

王理齋時年聘子晉 大風冷甚 夜毛後先假剃頭

十七日補叔來晴飯後李緇若來偕琴出來

十八日圈老班送知單來一恩會号蘭友仙去 一董韡亭母仙去 代送帳五大千五

十九日步至後街送硯君赴津既先既友蓮達風做詩 本日

兩首 象環 五寸 存莊

廿日假附軒生辰 吞補石既既弟既補叔椒坡 硬与伯寅同年归做詩兩首 梅妻 婿鶴月隱雲逍 歌

廿一日看書一卷寫摺半開又以棚膳昨所做詩三首

孫子岡來飯前糊时来遣車 交玉董韡亭云送

一月 黄分刀十六 本年 夜毛伦告假打辮

廿二日 訪篤航晤談 借得新指捨章程數紙 擕归閱之 姚蓉石友蓮如來暫住 飯後訪子青在上房晤談（剃頭 延滄山在上房用飯 閒子青偕右小叢）薄暮方归 以洋餅廿枚贈子青 夜與味琴仿窗在書房談天 談畢 味琴將入室睡時方與董純相撞 跌傷右眼 大人左耳鼻邊微腫

廿三日 晴 味琴左眼浮腫 並有紅青紫 大人耳鼻邊尚未全愈 恰琴友婦代柬頭痛未出來 謄詩二首

廿四日 風 訪子青在上房晤談 丞星椿古拜仁山夫人周

忌仍至子晉處日婉蓉子晉吃早飯晤小研有蓮詩人房暮步歸以桂花糖卅枚贈子晉　大人耳患尚未全愈　怡琴出來　味琴眼尚未愈　伯寅頸風　夜少峰至上房來談

廿五日　看出一卷　風　以桂花糖卅二枚贈子晉　大人耳患漸愈　味琴右眼稍平　夜步訪子晉晤并晤小研、張四昭卿　步歸　少峰到上房來談

廿六日　風　晴　訪一芗于白楊幽芬一寓書　以字帖百千借與少峰　飯後步訪子晉　與婉蓉子晉晚飯　後歸夜在上房與怡琴棄戲之輝

廿七日 晨步訪子晉，即歸。補林來，因杉來。廿八日……補林……晚訪子晉……

廿九日 早李間与四叔步訪子晉，即歸，李似……玉峰來。

卅日 唐……都東。晚訪子晉，同吃夜飯，坐半歸。

三十日 飯後訪次平，晤蔡唐……生李似堂……許

雪湖丁丈……送，与一力晤，訪子晉晤談，步坐四叔

六來，飯後与四叔同車歸，夜怡琴以鴨……

十一月

初一日 晨謁祠師、松師、石師，晤謁……晤，歸訪子晉，同吃早

飯，未刻歸，申刻……往同吃晚飯，大醉，盡興而歸

慶松長刑主幢寫

初二日看碁一卷 出訪子晉 吃晚飯 偕與東三同归

初三日 婉卿四来 出訪子晉 即归 晚 在伯寅上房小酌 大

人 四叔在座 借鋼表二個 共十五千 以梅一盆贈子晉

初四日 星伯来 借向表及鐘五十錢 の子 以玫瑰瓶五十

六弟子晉 洗豆 在四叔在上房 彈琴度曲 兩大人在座

初五日 風 飯後出訪子晉 吃點而归 在伯寅琴在上房吃晚飯

初六日 出驅師賀年 偕子晉来 留在上房吃便飯 大

人 四叔亦在座 四叔在上房 度曲 怡琴 又留 素補送 鐘来

初七　子青到飯，筠卿、婉蓀、珮芬、梨華、蕙生、星陵、蓉峯、石伯（婉蘅）

演上房換帖事

旨吳台朗著解任交刑部審訊欽此

初八　飯後駕航船，步谷來，看書一卷。（楊十日來）

初九　掃（上）房，夜看書一卷，以韞師賀年章、梁月新

初十　風。與世祖閑商以岳原上供，致書墨子伊（並刪）、少園（侶笙、儼民）、注安，徵種樹果竹葉（韻香）

十一　早間冷甚，無有橫逆之加，出于意外，恨致之。村石樵送所畫扇，來捨京帖來。又小蘭在坐，吾故??力

夜伯寅招，在三林上房便飯（大舅、恂妹在坐），飯後與伯寅上上房，聽唱，亥正二散。峰??

明日京の叔官

十二 晚至友蓮處剃頭 小研还滌華帖
十三 大風 伯寅招在伊壬房小飲聽唱 大人兩叔在座仍又
同仲耕遂去聽唱 大人三叔許再至來戌正散
十四 蒼楊十臣訪小研在壽房晚談即歸 風四級 京察一
等
十五 立春 耕時來 至延秋來遂去至廠肆晤友蓮小研在友蓮房
內吃春餅小研在座 札拉子香來別 與友蓮同車至
柳房胡同看燈 归仍至後街即步归 訪少園前〇

十六 看书一卷 李缃若来

十七 阴楞半雨 夜四叔北东在书房小饮 大人三叔往访弟子

晋在座 饮毕子晋始味琴在上房读 四叔画来 还表铺钱七吊

十八 雪 访课园 出 金和弟二门 象儒 画雯之 夜四叔至怡室 看书一卷

十九 夜与味琴在上房对奕

二十 阴 剃头 暮访友莲以研 晤并晤东三 菊坡 柳坪 少珊 仍命察

廿一 春分 大丈寿 惜微生日 补叔 烟因 瑶椒 时仁 山友 莲以研 缃若来 共三席

晚与味琴在上房吃点心 夜饭并奕

廿二 陰冷雪

廿三 候陵 訪東三晤 拜賀雪澥孫婿航 賀蔡小石向來賽 拜烟杉

楊鏡士以手交趙姓薦與烟杉以來彩僕與小研以荐

日東三 代僕 托錯查四幅還之 并四叔帮年二月伯通

一日節送竈 祝年本生日

廿四 爲祖姑壽 汪太夫人生辰 叔與怡琴至淑衡 拜壽 嫁黄者

晤友蓮 七研 西晉 東三 菊生 任鶴樓 書侯 仰農 坐雨

庠與余蘭軒 楓時蓮 晉 怡琴 同人 庠僑 怡芝伯 晚步歸 雪冷

以爲畀穉村子伊並附書（大齋夏王題跋 又錫鬯第二校補種跋一册並校林村○祝）還四叔仰寬助顧姓錢

廿五陰 飯後到桐師並師處送節敬二百門一千五祝（處送節禮歸邑）

師處壽送祝四節敬一千門一千代 大人拜湯修山薩

賦林晤 友蓮小硯與友蓮同車歸夜風雨作打辮

飯後開鐘

廿六 看書一卷大風 飯後拜烏航況恒

廿七 歸拾書房 飯後友蓮子晉來 留在畢舫吃

點 與子晉對奕王菱舫公嶂奇亥文字陸荊叢

可文仍候民書○駕航送硃卷

廿六步至廠街友蓮來起在琳寓遇楊談子壽鏡衣

出來步歸過年又步至廠街与子壽同來往工廠

与对美瑗堂買同生來即去晤子壽步至廠街与对（在友蓮處同）

奕一枰

廿九風下午剃頭晚向院豈

三十至廠街友蓮來起經子壽至經社晚椒儀盛高郎

归四叔壽子壽（以料）來即去　大人賜銀二兩胡珠一盤無擇龍

潘譜琴日記·壬子日記

（清）潘祖同　撰

壬子日記

正月

初一日拜　天地神佛　祖先，同四叔、伯寅、怡琴至闔
帝廟拈香，与四叔同年至滙秋拜　喜容，晤椒坡、
時軒。出，遇友蓮，至子晋，又同年拜吳淦平、金蘭軒、汪懋曾、
拜仁山，途遇小研，補叔來飯，後同煙杆陰、陳筱坪至
後街，訪春宗从兄、友蓮，小研亦至，並晤　兄弟
味琴，拜后亦來吃飯，子餘先歸。
初二看書一卷，至力峰，要拜二姑母壽，步訪子晋、椒
坐即出，偕子晋同來，留吃飯。六世祖母汪孺人生辰，供飯，後

與子晉同步至阝街松吃午後與子晉元宇鞋等
看本人頭戲在上房坐一席怡味軒區友芹送子晉同
座戲劇歸與昧琴雙羊贏錢二百千
初三 寫租賬將以生為壽飯後若仙 和耕林
是日之藝少石蓋包蘭楊鏡士至德秋賀時軒子
週歲吃麵飯後 丈人歸看書一卷
初四 為若書扇以畢託兩若眼業研硯君壽遣律使送孔
壽金伐力宗帖一千與東之劉子厚友逢小研之喜

同人府[illegible]

初五[illegible]

雲生翔墉 葉潤臣陸東陛銘漢 程鞠蘅張海門沈小梅申穫卿蟄文龍 季君梅鄒少瞻沈春甫韓蘭卿文樾 順叔武亭師雲亭師孫鹿仙李藝生 陝西席韜蓮蔭庭君怡生芳生陳季岡來 居敦鶴

初七 次孫男子伊生彌 種村少園去 安吉張滄 碌英天山

寫 初六知 風

初八 出謝子晉 在門首遇着 卿出 歸又與味琴出 伊吏

又友莲心泉見弟子青 同歸 稍坐卿出歸剃頭 然

慈親道至廠滘一胙拎目嫁魯若英四叔友蓮（以朱公貨搽盆一對）

子晋亡之若英生日 在友蓮房中小酌 卒 細貴衣友蓮小研子晋同座（茶氣香村）

初九 茶程真甫晤吃點飯与真甫厚甫叙餞（訪友蓮晤周城兒豢 常往試讀之新 東任付之新以其一炷伯寅）

孫朱人（海鹽）博戲午炎飯訪伊雯給一百大洋以五元（吳弟吕賢子）

伊雯寄中喂李紀亦在伊雯吃飯飯後重於粤日使（來自成吊）

吊兄少苓及伊弟老三苍苟亭一覃妙归友蓮来留吃

夜飯看怡琴敍花间硯君自律面

初十步至汉街见砚君友蓮兄弟步归相供　書

祖母汪太夫人忌辰也，仍步至得街與蔡君薇孫午飯，後同步至琉璃廠一游，與三叔同車回[illegible]午晉、李蓮心來訪伊舍侄子明日取館也(先後偕留吃夜飯，略飲，味蓴在座)

眾叔赴西陵，夜看怡琴放鐵嫁蓋君筆下孫(在上房)

初十一雪稍疏未止，夜飲作兩杯，看怡琴放合子，雪止 冷

十二冷，以大錢四千遣劉紀至時相口廟買淡紅京房五十條，晚夜蓮來，怡琴出門，燈下代蓉舫子良書遺亦

王[illegible]片，蓉、月閏生看書一卷

十三冷 味琴生日 閱东華錄數本 晚打喜容 夜步访友莲[illegible]大街看灯

十四晴冷 答馮小亭 访賀篤航 子岡俱未晤 飯後子岡来 友莲来 [illegible]

十五 子晋来 与同步至後街賀硯君 仰归 飯後偕叙步去晤硯君

与子晋步出厓丰至琉璃厰 薄暮步归

十六風雪 下午四舅归 夜看恰琛敦炮 倉蛤 在伯寅上房看 在四叔上房飲 歡叙

十七晴 剃頭 飯後答俞少轩 訪廣善 許韵和 拜李

僴若 俱未晤 二硯君友蕉集研 东三王本泰 下訂閱廿一 廿二兩甲 四叔上房飲 歡叙

看书一卷 夜在伯寅上房看敌盒子

十八 祝花師母四司正壽 荅王樂山午前恭收 彭寓 均拾大廳書房

（送祝四司正壽禮 女人事）

十九 步至大街磁器舖 归至天聚西拜烟杉老日拓 逞遇之 伯寅 与同年归 薄暮步至後街 同小研吃 飯 看挂燈謎 又与友莲步至西

二十 晚步後街 与小研 約農 同吃 飯 看挂燈謎 与友莲 步至横街

二十一 祝少峰 夫人 壽 晚步至後街看燈謎 王蘇陔 閙得事

二十二 小研来 在 在際会 無挂燈謎 又步至横街打謎筆墨紙等件

廿三 晚至横街打燈謎 得書紙等件

廿四 晴 風 飯後知 夫人 派協同批本 婉 裳 萬 若

英赴星階招晚飯後与怡琴步至橫街因張雯
弟桂燈謎悵然而返

廿五

廿六瑤笙友蓮來　陳子嘉鄧商岩休復

廿七硯君來　往上房略坐睛飯後顧硯因少杉友人壽說

引之太夫人壽答曹紹桐　胡仁甫寶琴　相彌君得

不晤至後街晤東三小研　研君看書一卷夜洗足

廿八風雪擱半開大雪半開彌若來留吃點心

飯又寫卷半開
廿九陰晴錯寫大卷一開殿試卷一開烟杉來
卅寫殿試卷大卷各半開白摺一開申陰晴錯
薄暮與怡孫步出擷芳後街逢遇子晋遂略談
數句而歸夜與怡孫步至後街約友蓮小研在隆興
居小飲開賬一帋條小抄
二月初一步訪友蓮小研佇時與友蓮同步歸留伊晚
便飯寫殿試卷大卷各半開看書一卷寫

白摺一開。風。以天氣漸寒，烟茶色暖，□晉

初二 風。寫下段試卷半開。柳坡、王西園來。代大人作皇穹宇神牌，還御書祭文。兼以白摺賸之。晚步訪小研，不值。三妹引見。

初三 晴。拜文昌。寫大卷一開，白摺下段試卷各半開。

初四 四叔引見。看書一卷。偕少園出。〇椒坡、瑞笙來，同訪舅處，告述小手茶樊，招蓀。

初五 剃頭。飯後預祝郎芝翁壽。呈次羊晒書。明日七旬正。晚，偕少航遊琴侯。

送烟杉明日行。拜司徒衙。答西園，訪果卿兄弟，晤柳坪，同至泰

記君假來朕討補若晤苹畦蔡生廷誠孫壽暉風
初六風冒雨試卷一開 椒坡來 官门抄云 皇上今
日換白袖頭小毛冠 未知擢吾侪之生日
初七風頭痛寫殿試卷一開 代大吉胡人禹条
屏一張葉黼目来
初八晴寫摺一開黼目偕至宮洋烟葛仙袍料蠟
登槎若莫若樑生葉黼臣 不務本 晤晚歸後步
至中街看淅江訪小研晤壽生一晃

初九 陰晴 錯以唱盛唐律賦鈔 芸館訪梅孫未遇

大壽字文清情有留小對四幅贈蒲甫且意附拜冊頁

停書 椒坡來 遣小王答王綺珍 大父命陪梅孫奕

體堂 延見徵風 午後 阿外舅書并青墨壇說 向韡送來

初十 步訪小研晤 并晤東三 徵風 遣小王拜說 大父命陪季靜山語話 返見 後

韡 答王綺珍孙翹群 張世賢 看書一卷

十一 晴 看書一卷 寫四幅 射箭

十二 雨 閱香妻玉森陪甫刊衆 與四琳射箭

十三 補祝陳笙昨日壽 雨 賀參侯 記名丞函秋

兄壽 丞森 衍甫 補射 椒附 四科亦在 陳笙來 友

蓮來 同射箭 讀文廿篇 陸放翁書 汲年以讀放翁書種

村寄託寫信家丟廈寄去

十四 雨 駕航以之送眷回往徐 訊梅出知單派出工第七二第六十

二文 遣小王送回往徐府

十五 清明 晴 賀少霖 記名答嚴蕙生家承 拍陳柳坪

椒坡來 御門朱公立滕克高同閱字 訪友蓮與

同步至城隍廟，似至友蓮處同晚飯，與子香步回

寓。晚上心志劇，去閱借箸已所會，飯。看書一卷。系省庠人　古試周有生　一節蘇藤春京

十六，倡笙來，訪小研晤，倡笙贈箋二匣（全仁八行），旗帶四板，全受也。

午大晴。春甫悼亡，至其家，乃知在天棲寺開弔也，弔費鞍胸。

丁丙跟遇椒林居（陳宗熙）鋪，蘇之綺、蕭（蕃生）、湯（肇元）、鄭（文倚）射策。

十七，晴。印墨竹卅。○

十八，晴。寫覆試卷一角，射策，改墨竹卅。

十九，晴暖。拜朱擬雲師，晤，并晤蘇之（黃之屢雲），并答吳小舫，晤，并

晴。子晋访小研，晴，写殿是一开，季偁若来，阅六日法源寺古势开以观，音书也。小研来与同步至法源寺门前闲步也，归与分路而归至匣，秋晴椒坡来集。玉森遇，归，仁斋座谈五十编，理周礼二本，椒坡札来，知玉森三寿字二吴中舫二书，弟三广梅生一书，芝以阁墨，启秀四本，托费青村寄京，致信民。

二十。看书一卷，朱懒芸师来，代大人作历代帝王陵寝告祭文。

二十一。理周礼二本，写摺一开，大人拟玉上府，怀秀拟来

晴 訪少研晤

二十二 剃頭 讀文選兩本 自十編 作復民書○ 并與林穀（何紹袖陔）劉執瑯嬛文一部○ 何你錢凝保常來○ 夜風

廿三 新舉人補覆題 係天命之謂性句 係竹箭有筠 讀文選二本 寫覆試卷半開 讀文十編 晴暖 理甲辰鄉試同門卷

廿四 讀文選四本（六） 讀文廿編 寫大卷開半 擬芸師來

附軒來 陸俊民書 謝伊實書 賀伊 以安甫之[illegible]陸 廿九本生日

廿五 晴 讀文選五本 蓉臣同衛 寫摺一開 讀文廿編 下午答林

予韻

司夢岩段 陡奥 訪李彌丞偕石晤 西訪小研晤 并晤东

三以前日所书復傳民书交侯望明日寄〇

廿六 讀國語攷穀一本 四妹赴西陵 讀文廿篇 林坡來 下午玉圃秋 來命述来未来尧

晤玉森惠甫 椒时与惠甫对弈 旧孫子圃来唐

函椒坡 錢 步 訪小研不值 以京鼓一千給道齋 又另有五一千

廿七 椒坡來 午前陰 晴 煖 寫與彩士顧 看書竟

廿八 晴 煖 讀國策一本 讀文廿篇 寫大字 試卷半開 補……一女

廿九 理文件 看書……

三月初一賀補耕女壻并婿時軒偕甫咸高答程榮功彭壽和蘊姊并蘭九姑仙生訪東三不值晤伯棠按伯頭痛有發燒亮之居豐師來助以布帖十千小研友蓮先後來遇之小西陳瑞甫子閎來

初二訪小研眂并眂子胥來三與小研同步歸與西席同吃飯並赴佩棻招

初三步訪小研眂并眂東三晚間友蓮來嘗佑茲秋游仁壽寺花之寺看書一卷

初四風股痛四姊自西陵歸墨卿來

初五風冷始穿棉皮衣服裳

初六辰刻以綫裁看考語　仲寅借筆墨庫　謹師擬字為

小齋擬彼作後步訪小研為小研改行己有恥章篇旬同步歸　夜與子超對奕二枰　風

初七大廳搭棚　風看書一卷

初八剃頭　並師壽　遣人送祝　因做行己有恥

初九與小研在伊廬用吃飯　葉生好與讀文度曲吃

菊花茶步歸

初十飯後同至會試題目　尚諮　訪擬批不值而歸　小研昨初三日在桓中日一移

閱硯君刊集看书一卷 四少年师出〇

十一 晴 至段街晤硯君 友蓮在上虞 如小研去送秀 晴归硯

君贈甘蔗八枝 烟 杉来 吃甘蔗汁一碗

十二 晴 飯後至西村 晤查壽彬坡 在彬坡上房看戲

沽 与彬坡同归 对奕一样 时有三點 兩點雨 喉中不舒

十三 晴 喉中略 金風讀文中備 秀才一覓 午後起一場題

十四 卯刻 彬坡来 即起 吃飯 与同年至貢院前送

秀才 叙与椒坡同年至叶泉及一叙 秀才同座 楙氏

东与楙 携日归对粤勤桓 风庭吃 甘蔗汁半碗

十五风 步访小研 晤研 归 伤风

大雪。小生至。陸朝衡雲甫帳拜王綬莊、陸費屐景謹至。
延旺廟衙雲甫帳拜鄭文脩。飯後朱綬甫、玉森來看
書一卷。讀文十篇。
九。拜何青士、孫篤航、葉鞠臣、王頤秋、時杏壽、玉森、
綬甫、耕坡、咸高，晤思東三，拜東三、張雨岩、陳良輔、
陽賓石、陳宗熙，晤璞笙，拜仁山、武墨卿、梁鄉、
西園、楊雅林田、玉福、奧庶先吃飯。雨椒羅拜三聯
璞笙、東三、耕坡時在，早向机林毒甫未聯。玉森、咸高、何賓、張筆子超

謁師先後至　申刻歸　於葉潤臣胡仁甫看

書一卷　知芍換季

二十日晨陰旋風东三來校俞陶軒張子岡來　右達

明擬蔡小住知廿四　御門後十年師書託朱鏡慶帶　梦雲

廿一微風璟笙來讀文廿篇習黎文一本看

書一卷樹時來

廿二風讀文廿篇古文一本　擬芸師王西園一居堂

師來　大人　派慕陵陪祀

廿三 飯後友蓮拉聽小曲 太辞而归 夜半頭痛
雖忍痛甚不畏風
廿四 御門 薦熊升閣學和家升方廣 頭痛 小菊作補湯黃頭眼
右臂亦不舒 腿背軟 展 雨 夜眼 尚好
廿五 風 頭痛 晚食 惟右眼微痛 右臂仍不舒展
又以南蒿菊湯并蓮之 不見效 代 蔣子良來 大人書致星叔 夜同凡面
廿六 頭痛 晚食傷風 仍未清楚 楸時來 未送
廿七 頭痛已愈 補林家嫁 剃頭 小硐生日 代未去

剃頭。夢归。夜雷電雨。

廿八 晴。飯後玉森来，与四妹倩笙步至卧街，约东（補記：小研、壽晹并昕、硯君、東三二蘭九即归）

三、小研同步至宝庭寺，暢搨，小飲，吃麵而归。芸

师来。

廿九 大父命隨莊蕙生進見。步訪小研、晹并昕、

硯君、友蓮。晚間小研来，在上房談，等至日暮去。

三十日 祝壽。壽晹并昕偕甫玉森楙時即归。拜吴小舫

訪小研、晹并昕、友蓮、硯君、萬生、东三，即归。讀文十篇

晚間投步訪㵾翁晤與東三同步归

四月

初一玉森偕杏寿来飯後松坡咸甫来與松坡咸甫同步玉函秋与杏寿对弈並晤觚林移之甫玉森

吃點归雨看書一卷

初二看書一卷閱柯鉞（悟言）中会元周岷帆中第四想

不確也陰雨 勞移卿母賀夫人六十寿 彭祖芬六品銜六十寿

初三頭痛夜卧亦不安

初四未睡得朝鼎穜村来

初五頭痛渾身發冷西齋學睡醒後痛瘥

食不便晨吃米糕一碗粥一碗後又吃粥

二頓每頓兩碗數錢雷散正子熱診視

閱方知所謂傷寒發大人之脈怕陰延

來服柴胡湯數盅微雨毋之無味閱子

不得一睡夜太陽發熱甚強就枕長吉

乾口燥

初六病勢如昨夜友蓮來

初七日晴。令翦頭。逌志人来辭行。大人啓往慕陵祀。晨雨

初八日晴。敷舍小研来辭行，以初十日動身也。

初九日落，至後街送行。

初十日出东至後街送行，見小研、二君、东三、子青、

及蓮，与东三同車回，至陸秋舫、蒲林、惠甫

上車，知伯寅已取四叔之在門前送別

来，至陸秋見、楙時、成府、壽春、玉本、樣

陛。卒道、衍甫至中街、瑞與陸辰君仁

録往來數次

十一日　閲題名録。閲畢，戚雨香、葉樹村來。

十二日　閲畢，代玉森覆文俊民、茂公函，并寄

曼爲呂陶子、伊少香、權村少、周慶賀節

信。竟天陰，看邸鈔，夜洗足。

十三日　大人已到，伯安、蔡冀隱生來。

十四日　剃頭。飯後送杏村、玉森、景船起行，晤玉森樹

彼遇許菊和、賀賢舫中，另捃半開，風熱，寫一字

十五[illegible]試題 賦之貞仁之句 問我何之韻 伯寅申初到字寫摺兩開代大文賦詩三首 晉少谷來

十六寫摺半開 伯寅取去芳華一 遣小王拜楊奎俊娛卿稚林西園 陳墻生 段繼異 楊叶臣 孫世賢 羅鑑平 吉人 飯後同佑笙至慶和園看曾慶班 共子有老文 归徐年大回 老文四 升化東也 考差題 子曰回也其心三月不違仁 胃秀蔓高泰無私宿

十七寫摺二開 瑤笙來 烟杉來

十八 散館題 乾清宮賦 叢雲[illegible]郊宮殿[illegible]為韻 射以觀德得詩字

十九 樾坡來寫摺二開夜兒 [illegible]信[illegible]華[illegible]

二十 蕙生二十初度 拜何伯瓜人[illegible]晤談 子周 訪子晉

即步歸 仰賢 季閑 曼士 賀悅去 [illegible]占偕

笙同年至慶和園看洪福班 歸[illegible]沈 [illegible]

杭斯不值 到家即雨 夜杭斯來

廿一 殿試 風伯寅至劉宅家小茶

歸來 散館引 見服 保[illegible]

廿二槐　坡來假附時軒來

廿三至附街晤友蓮子侶并同車至中和園

看三蔓班侶笙泥東　午後四叔忘來申局

瑶笙來

廿四巳刻和伯寅一甲三名瑶笙耕坡來

廿五瑶笙來

廿六東廳嘗申刻　和四耕卅八分瑶

笙補耕耕時烟杉來鄭人我來

仲平六十歲初度

廿七陰涼 饭后贺鞴臣鏡士揚賓石（附鬯航）

写大字二百（臨直諫）一开 看书一卷 晚友蓮送来

廿八寫十棡 东三来 翔青 管仲論 讀李方疏 自强不息

廿九寫対十副

三十写作笔同丰至广陵楼观四书局（日知録、伯寅一封、四書卷）

少峰借柬定半 大雨速归一书蓐疏

五月初一楷（小雨）岐来写阅呓四叔系趣菜古精

粤丈来枚借牛萮归 晴 午后知吏

正趙酌酬黄仕安正許彭壽酬漢衍重

初二飯後同陸拜時軒友人壽大嫂嫂君不有九思論廉溪樂及飯

晚大雨看書二篇小崖師來

初三寫大篆二開

初四四鄉寫鐵公刑部時軒來飯後與伯寅畫(之)花館文又芝斯數(?)白一卷

至廣陵樓觀春台新劇 伯寅先出陸座見

廿二子寫泉文申刻與伯寅同年晤 家漢(?)亮仙彝尊堂帖

初五陰寫泉與同年至函秋賀翁藥補

妹耕時又至汾街卯硯君略談即偕嚴

雨隱思做白隱佛隱九帚滿米蟬始鳴

初六三點半日大雨未有漏雖近世

今明引·見後甫珍皎王曉林章六

日文長班節賞日文保字寫大字子

十晚向在大廳廊下坐一席大人二點

鐘寢恨要不度

初七晴寫大字子十晚知十二大老在作寫三片邀約宴過林

初八雪如昨。慶天順閩中來定戲。芸師來

初九風。伯父來。剃頭。太夫人下園。侍朗亭家

初十演劇。三慶部。伯父、芸師、友蓮、子菁、咸齋、汪菊汀、朱注

瑞年補拜。楞仙來。早晚共坐五席。是日祭　祖

祠、魁星。

十一拜孫子園、吞程、寅生、蓉安、高弟、送彥、送行

賀謝鶴航、詒瀚石、聘臣、子傳、子珊賀節。

十二拜年。學勤、蒼韻、梓花園、翔桐師、梓、次朗

憶悅 ... 賀

翁時又時朗翁世兄遇方子少牧樊

子安世兄（四冊六葉）大人申刻出來題係五大

光明殿賦（以重民之天婦和性怡情為韻）詩同道周不興

論山水有清音（七言八韻）得和字已初時成初

到家

十三四日知閲卷派初翁杜翻何桂清

王慶云祁寯藻錫恆

蕭質齋來（第二場詩題）大人戌刻收知寫名次

十四收發得閲文卷君筆全單風霜夜

閱抄知縣卷十九引　兄
十五演石招明日会館看戲譚之剃頭
陸翊廬演の喜郎補妹時際寧蕙戚
爲費半桌兩
十七群狗聚吠悸甚時未甦飼之未死晚友逢來
十八晴曼西齋街　友人下園
十九大老引　見徇民与候補白丰西廣順園
看洪福班又與紅所遞思春甚好　申正歸

廿韵秋來定錢　大人至察院

廿一假（椒坡來）伯寅招同侯笙臣、賡和、樸臣、紅臣、孫戲　大人自閩回（步至）關帝廟，見新師

廿二至後街晤吴主簿，於丹庠晤退之，鄭仲生，畢石臣，新師差，文階葊（答陳小圃、陳蓀清）件收力二吊

韵秋來

廿三剃頭，見新師，過何純山，延譜，答陳汪茹盦，篤航，黼臣，遇小王，送，將子開，答楊彬

楊傳鴻。飯後芸師來，伯寅約同手談，如松小酌

芸師、周稚香、張東野、楊幼珊、程稚衡、蕭君文俱在

座。小雨。

廿四 雨。飯後伯寅招至廣和園，爲芸祝，俱會之陸

廿五 晴。以硃砂一包贈陸子開，渠于廿七八啟行，回本也。程蓉堂點文

芸師母廿七壽祝，約次伯寅明日常去，讀書十篇。看書千覺

廿六 晴。步行蓉堂子開，仍晤芸師來，飯後同手

至廣和樓看書，卷九東野伯寅來

在座蕅九凡來 後蕅九招福恩
璋之即與師復同年 歸印屏一單長班飯
半桌子讀文字編 大人雜讀
廿七陰夜雨
廿八康偉福附戲價包賞弔七十吊
加友二吊另賞少紀甸 夜半大雨
廿九文昌假請同鄉雨三慶班晚大雨
卅迎晨雨秀出一晃罵 大晃半晌

初二 熱甚。讀文十篇。夜浴。

初三 訪友蓮，晤。訪彌羨，晤。賀雲高師升贊善。謁武高師，晤。門司事擊求收以四元代驗，并交驗費三元。訪苕師，晤。并晤東璧、穉蘅。當穉蘅遇邊，屡不君子尋病，晤所在，引之委要訂信一函，費一元，達武師處。訪駕航，不值。知耕陂券日考取第一科陸黃署其雲師來。

初四 駕航來。壽雲題

曾祖母黃太夫人忌辰上供

頭微痛剃頭

初五 大人卅先已代 大父做謝摺做履伯寅指宝

三侄過看表台班四舜保等来暨維藕翁九

在坐 晚頫雲選叁

初六 至廟 晚 新師步歸 芸師 維衡来留吃飯

貼進 傍晚 至 文蔭以府刻顧字 叩賀 吳門 弟上

祀 補林来 陰桐 已仁 進見君師來 东三来

初八 彌若來 晴

初九拜武雲師，晤。拜松卿、芝師、唐師，賀壽少如、升伯、循伯、循甫、晉棠、模山、徐丹桂號星珊，拜程穉蓀、厚甫、朱誠庵、王穉三、蔡鑄翁、何研樵、鎮乃秋，晤。看書一卷。

初十拜芸師。東璧來，留吃飯，同至廣德樓聽書。在伯寅處便飯，九兄來，晚飯後送歸。

十一讀文卌篇，書錄刊卷半開。

十二看書，讀文十篇。

十三 友蓮來即去 芸師來留吃麵 偕芬招同年至

福興小酌 芸師 伯寅 紉珊 蓮[illegible]芬在座

十四 甲午團拜文昌館 赴廬墅 勝單俊生 新師招小有天

十五 讀文廿篇 四妹歸周氏 大人下園 訪伯友蓮晤 約偕芬至如松小酌 蓮

芬院秋在座 仍偕民如

十六 陸 讀文十篇 偕芬招至廣海看三菱見福林所 偕芸師偕芬伯寅至福興小酌蓮芬在座 遇雅雲

演山歌 在路 顧俊材 陳慎卿 三 王 布焜 會 贈 在 遇 進 朱杏孫 畫 真

十七 葉 剃頭 偕芸師同至如松小酌 雅雲在座 偕至

文昌館赴崇朴山晉少其李慶翱蔣桃林葉鸝臣同
定山衍東之招（未到）歸已四鼓訪桃林時晤（并定山桃林）見新竹伯濤
十六芸師來學院詩稿完畢時寫蘇軾卷半開
十九補林來寫蘇軾卷一開夜雪雨
二十偶寒目腫未出朱小雲師來夜風
看書一卷
廿一偶寒未出來寫書一卷
廿二雨小雲師來讀文十篇做詩一首海氣郁辟蕤

廿三　寫録科卷一開

廿四　雨。用録科卷，直得文一篇。讀守中、綿孝先一疏，寥寥數行，寓情于理，甚可矣。

廿五　寅正起，來吃米粒兩碗。卯初動身。

戌初録科，已正出題，點，"且爾兵民，吾可以子保，富安不能淫"。高一鈞、康伯下，抒相、相宇、向鹿、歷代屯田之制，過陶易生，輝亮甫、郭薦汀、何伯冰，可蘭、鄭穎蘇、吳子隽、孫蓮溪、沈硯農、錫年、潘鄭孝

玉

邊棣園清恩甲正交卷泥淖難走

蓮溪送麵二碗硯農送點心一盤逌阜肆送點心三盤茶一壺

至翰式亭師归已戊初矣時予貢唐妹

米文早遣人送我掃雲

七盤五述君伯因何不再寄此段子枝詳及

之彼寫款試做去

廿六侶笙出來東三來託伊覓小穿傍晚步玉園

油看

通

觀翔蓮溪來睡即步游蓮士來知取歸三伯文

米匯來

耶廿一剃頭

廿七大雨小雨師來傍晚十潘阜肆來付与条帳一千

以条帳四十千買表一只

七月

廿六雨 潤卿隸来 信与象帥 晴 侍母暑 家大順
○寄寫廿七○
廿九 送汪菊汀明日行 拜式師 仍 晚讀文二篇
初一 讀文十篇 夜達来 栩林 晚後步至後街
晚至雪松 夜逢 至寶滄樓下場門街口
座看春台 遇芸師 復石 玉甫 耕娱 賜卿
晚稚要
初二 小芸師来 栩 時来 隔全妹十世 咏庭良材

初三應祖如壽小雲師補非柳川陽笙樂成

同二席　同樞師去○

初韓小雨師過与倪筆同年思城與令一叙小雲師

同東來於午後同年區安昌彼君李氏附遇芸

師東墅雅衛調甫發許子傳漢石玉甫式

師新師蓮士王黄浦泰俊寧楊佛大張鑑

願年城研李鳩群　莊衛史蔣子恩香閔

子初歸

初五 小雨 伯寅未出来 看書一卷 以千師来

初六 伯寅未出来 看書二卷 修文十篇

初柒 飯後與侶笙同年出看戲三慶園 西來侶笙先去茶園 飯後與仲篁同来 送張惕菴王霞卿王耕娛看雅雲所演鵲橋甚好 蕭甚美 與仲寅同年歸

初捌 飯後 寫摺一開 訪仲篁晤 孫甘堂三騎樓材 擬至三慶園 西春元昭君梁桃與侶笙同年歸

初九 應觀專辰 補拜樹村 謁笙如千師 仁山来

初十自謝家出晴偕駕航補拜樹時過金雲處
拾壹看書一頁胡客小雲師拉玉廣同看春台撈月
十二小芸師來
十三至文昌館三慶陪芸池子四桌
十四看書一頁放烟杉家況宅札賀伊同子看書一頁並諫說伊明日娶
十五以分弟書嘯筠師來飯後訪筠師不值晤稚
蘅稚蔭田泰郁方董同稚蘅玉廣和樓赴南野
招陸五海門小筠仔東野稚蘅玉小蘭方未終席

即日晚飯，御馬愚谷同至南濠街步月。

十六 翁師來，看書一卷，讀文十篇。

十七 揚榮、劉硯君來，彬枝來，庚和來，飯後偕筆橘至三慶園看戲。石文招至福興一敘，回已晚矣，讀文十篇。

十八 翁師來，閱杜茶村疴版寄於田君並囑子伊弟書，又於何焯、黃布衣獲村贈帖、廬憲。

十九 翁師來。夫人、次子赴上蘇曩。

二十 翁師來，彬附來，至文昌館樓上四叔請客。廿一 沁西庚子春 樽橋國觀水刻，歸，東之來。

廿二 吹予伯送卷來 頭二場，草稿六開半，文稿西開；三場文稿十六開，草稿七開半。

貳拾叁號陽師四廿一壽 補荅手 新禧 陳岳昌 向蹊

繁病渠尚未起 代大人至文昌館祝賀星樓壽台

為人七十壽 戴鍾罰王傳歌年

廿四 寫孫試卷一冊 錦書鶴師來 風毛伯代荅風鶴編

廿五 偕陳錫師來 寫卷面交收 要並送卷 力一弟

廿六 剃頭 祝雲亭師壽 祝稼繁病 渠尚未起

荅陳森清 晤硯君 見子青 友華 達 知本日 侶星陂

晴 午後偕子侶 笠舫酌 同年至 康和慶來座

見已滿 悵然而歸 途遇蓮夢 晤談 讀

文十篇 遺筆西若 楊輔 董好 王乙稿 楊儒鴻 卷 王子梅

秋甘兄同

耕明來 大父 大人三叔罰俸半年不准抵銷 恒書

降四級調 載評降二級調 河漕調 刑部講升 工書 大人

派接談 換卷 大人下園

廿七 請生來 飯後 抒朴小夢 匯謁松師 見芝師 歸讀石渠題

李

廿八 筠師來 仮(?)段(?)俗(?)筆(?)指(?)西慶和園看春台喬(?)譜(?)晴 初奥(?)如(?)叔(?)送茶

稚雲稚蘭还福興 廿九如叔(?)賬(?)每(?)一(?)弓(?)作(?)伱(?)八(?)折(?)书(?)寄 七千二

廿九 筠師 耕(?)椒(?)時(?)軒(?)來 樹(?)楷(?)耀(?)自(?)永(?)西(?)原(?)術(?)相(?)來(?)晤(?)硯(?)君(?)

子晉來 三

卅 耕(?)叔(?)筠師 崧(?)齋(?)山(?)來 荊(?)翁(?)

六月初壹 玉文(?)马(?)悅(?)說(?)詩(?)門(?)苫(?)甚(?)七十(?)来(?)旁(?)晚(?)

歸 竟(?)日雨 取(?)刊(?)卷(?)要(?)

初二 雨 冷

初三 滌伯文來 楙坡來 晚豆

初四 錫師 東墅來 朋駕航于摩師蒼霽山將吴

老太太往月謝伊送扎風

初五 錫師 楙坡來 畧卿來

初六 赦主考改同考 劉星樓同考改 俱作撤 觀音寺朋同 山宗伯文先到

初七 祖母壽辰 俱作 士人來寓

初八 午刻進場 四十七牌

初九 做詩文

初十　頭牌出場

十一　午刻進場（未來寫）

十二　做經文

十三　（經）牌出場　仍分謄書〇

十四　午刻進場　風

十五　做策　夜月色甚明

十六　頭牌出場　謁程笙不遇　又晉何事起　夜祖到

家祠頭邑設家寺　羅伯寅已到　夫人亦來隨（笛卿）等

先後耳僧同晚齋飯 拘順相居師賢

十七日 至新師菴長談 偕粤亭初度柳塘撰聲付新友

蓮來 乃社 树林来

掄相 與至萬與居 伯寅兄东来 到至三茂園赴友（八福師秦磐耕蘅遇涵卿西園澤卿）

蓮招 子晉 東三 菊生 剡子 厚樹 煙在座 以至福興

居一飯 在坐者如蘇 遇秦誼庵 史矩亭兄弟 [illegible]翁（孙指）

已蘭興 同入局 于初归

十九日 財盛館 赴灌石招（三庚） 椒坡 叔平 訒春 在座（硯農于）

二十。拜芝師、松師、乃秋、耀山、朴山、伯方、徐丹桂、夢漁、（晤遇希甫、凱，晤遇赤心軒）

廣心、樹生、式師、小麐、綬元、壽、恬墉、三版、遍佩、孫松岑、命奎垣。

（楊誦春）陸偶齋、玉三、菱園，赴仿笙招，遇篤航、萊山、伯方、田子青。（伯寅、東墅、稚蘅、陳吉甫在座）

（王耕娛、誦春）貳拾貳歸。晚飯後拜引之、蘭蓀、樹林、子騰、學山、何

請帖。晤篤航、萊山。

貳拾壹。拜吏、沈硯叢、果含、蓮溪、春甫、濱石、叔平、玉（荇）

甫、子良、渠拌、心如、倜君、史吉、東三、誦生、蒲九、苟

亭、眉三、容伯、度齋、十邑、小帆、玉文、昌。飯。赴亭墅招。（吉甫台、鶴儕）

雅蘅雅春濵甫虞琳孫春叔少彭二庚
在座池子内已亥園游
廿三日訪泉寺（訪史鼎香兄弟）四拜伯寅先生時李鑒翁仲雅
答雅蘅至財盛館赴同鄉公請歸報兄（少春）
生金帝之顧子山朱椒徧李子薑王耕娱李眉川
余往鄉恤懷之觀光署共公請辭之
廿四剃頭拜秦谊亭至如松伯寅馮東侣笙樹坡蓮（詩拾甚 東三鄭仲字來）
壬子寓符筠師在座歸得已蘭乃秋吳太太蔡子蕙兄弟

廿四仁榜師栿時來以寄少園交人件 託修壞三本 目帶 黃安元裕○
貳拾伍侶笙拱同手丞蕃興一敘 申刻归 遣小呈 沛蓀偕來 伯寅在座
拜節 文備
廿六飯後東墅拱正財 目 感帖看春台 与侶笙同歸 寄謝伯文曉
廿七左腕抽痛 吃 飯後正天和館赴曼山招 手初归
貳拾捌 筠師拱 飯畢 合香喹植三吝鬲 皮少男 蓉 鄧 劍甫 与宴 山 畢 萬 販 茶 山
聘吳 府 同座 蒋温 学 伯赴 安伯 招 椒 坡二
廿九 一吳同座 未 夜府 而歸

貳拾玖 剃頭 偕陳洛與信等同年茶吳吳賞園 同玉如杜

赴蓮春呆士招 伯寅蓮舫伯珊筠仙廉石陳心可雨亭同座 微雨風

九月

初一 大風 收分局書 寫廿九○交去順寄○ 六世祖

數九公忌辰上供 硯石君 筠仙來 增椿來

初二 五世祖朗齋公生辰上供 偕陳伯寅招同年

玉庚 陸硯 劉 四 似筠仙 蓮士 子青 筠甫 贊

園 舜蕭在座

初叁 偕蓮士 黃伯硯 子青 壽眠 算睡 硯君 許篤

舫晤，飯後至福興赴駕舫招，佛持（拜丁佛持）、翠丈、幢雲、
完秋在座，戌正歸。
初四　七世祖母羅宜人忌辰，上供，祖母錢太夫人生辰，（[illegible]）
上供，飯後祝東墅壽。
初四（五）　駕舫來，飯後至福興赴濱石招，伯寅、偉如、
廣園、蓮士、笙甫、九雨、亭在座，至文昌館赴麗仙招，
補祥，飯後至福興赴廣園之約，完秋在座，蓮芬亦
來，亥刻歸。

初六　晴　栩樓來　飯後與保笙步訪伯父不值再歸　夜友蓮來

初八　拜俠平夫人壽　晤汪子慎　拜鹿仙玉如杉杖　晤阮秋　赴伯寅初集　玉財神殿看廿四圖於柳門娛請客一桌

招蓮士保笙蓮蓀東壁幼珊舜輔鼎仙雅

坐冥卷中栩樓姊平小刻歸

初九　大風　蓮士詠春栩樓筠師來

初十　大人赴東陵　筠師伯父來　賀栩樓葉　馬竹坡

山佛栩姊平　拜蓮士次平瑤笙詠春　晤時軒東墅　見勝錄草

十一　次平筠師來　寄一函信一交三叔明日寄懷

拾貳 答送泽壽蘅、存張海門、武亭師、蔡朱繖、

伯暉、友蓮、子晉、筠仲、蓮士晤，又訪稚梅不值，又唐 樹坡來 師

俊樓，遇惲伯方、錢聲庚、伯遂，与同座，訪瑶笙晤

椒林、筠師、東三來，訪甫椒，已小癒，定明日行

田甫兄

十三 風。子良又作壽言，赴蓮士招，周萬甫、田硯

治、休萼、伯笙、伯寅同座，申刻歸

十四 假以与伯寅、天靈 勝 言

拾伍 餅（？）泛與四叔步訪蓮士不值訪東璧稚蘅晤伯寅同步至宗祠畢一叙四叔留伊午飯行也

拾陸 剃頭飯後與促筵同步訪伯父（？）晤同庚（？）午至庚和看表大同至福興一叙出廳室（？）訪楊詠春兄未晤至肯兄處同訪錢伯楷伯寅（？）候定子未蓮生兄弟俱丁憂之坤伯庚歷謹（？）

别後覺湛田古人口詠懷（？）等文枝榮祈初行（？）伯父（？）來云璞（？）寄來（？）稚伯甫（？）

十七 飯後東璧稚蘅來（？）的即（？）來重傷風咳（？）

蓮士來

十八日　仍來傷風，晚間頭痛。
揆甫來　大父命陪張筱村　遂見玉元直。
觀石位

同玉宮賓、叔玉、保聚堂赴蓮士招，復至

裕師作詞

二十夜刻　大人帶宮韞師、賀芝房、張樸齋、馨宮叔

歸東壁，雅集。

式揆來，同致伯寅先生　訪唐師不晤，見唐師母。

庚陰看罌粟 紅桃山 借譚先生西朝 呦乃秋來

戊於武筠師來 大人在上房小飲 大人四鼓借譚

仲謙樓勇在摩 与借譚同年 至虞陸春四鼓退之

初晴 筠師來 英恆伯出 蘇黎峰 坐四文

廿三 晴 雨 三鼓 餘蘇 柳時 從筠師來 坐二桌 小雨

陰 剃頭

廿四 陰晴 晴 筠師來

廿五 風 高祖貢湖公忌辰上供

十八 筠仍來 傷風仍發頭痛 吴榕公送蕭九特晴九秋

撥飯後 大兄命隨張今笏 丙申探花 甲午丁未進見王元直

觀不值 訪蓮士 平子佛庵訪劉子庸晤恩裕 帖

同王寶藏王家聚寶 赴蓮士招優伶

探船伯寅侶笙蔦甫仍如在座 戌刻兩傷風 岩師今笙添寶乾曲九秋

二十 辰刻 大人偕寶鎰師賀居安張樹聲 樾 寶寶招

師東墅稱藥來

武移車 飯後與侶笙同車 訪居師 未晤見居師母也

庚戌看罷紅桃山，偕嚳先至西村，吻乃秋來

戊於式筠师来　大人在上海，少頃　大人回鄰，偕嚳

仲謙植身在座，乃偕嚳同车至廣德看回，遇之

初吻筠师来，莫恒伯如豁楼〈楚卿来〉，留之

廿三晴雲　大人去，午後吻時，吻筠师來坐二点，小雨

陰　剃頭

廿四陰晴　筠師來

廿五風　高祖貢湖公忌辰上供

廿六 風。飯後答拜泰葉、玉霖、雨帆，赴東豐招飲，
師、香蓀、鹿仙、仲等、伯寅在座，戌刻歸。
廿七 陰。南榜取俊民、仲莪三名。寫殿卷半開。節師來。
廿八 晴。陸俊民送札，致四姊，明日寫。
錢子青來。飯後玉霖、雨帆赴萬甫招，蓮士、秀騰酒，
仲明、伯寅、從堂同座，亥刻歸。
三十 節師來。劉頌之翼、恒伯、伯岳、孝開弔，下午去。
十月初一 陰。蓉生辰。樹樓、友蓮、子青、陽孚來留。

耕畹題 偕與同至永樂寺拈祝君友人周年送

上燭 晴 未七老九仰坐 耕耳伯 蓮士便服來

初二 陳三槑 廿峰 三千和度

初三 雪 韓臣生日 作篛師來

初四 陰 篛師來 飯後 看[拈耕]耕坡 暉伯安蓮 揚晤

初五 陰 萬甫來飯 齋後與伯行筆同車

至慶[戲]樂園[春台] 遇伯方 惲山 蔣甫 又至

慶樂園[三慶] 又至廣和樓看四喜 紅歡山

過季舅曹雲溪畢山偕円子福泉一

叙伯方作東史蓬生雅亭在座矣刻归

初陸日晨與偕筆白生至關帝廟訪吳民陽笙來

又章及伯方蓮生青起蘇偶聯卿飯偕廣生目飯

以至文昌館赴柳枝招看春久登廬江村柳

過中刻归柳同來又至宝興赴蓮士招伯宙偕

筠佛在座矣刻归大風即睡

初七大風筠佛來梓收來

初八 伯寅招宴 顰卿來 王西園來 剃頭 髹(?)頭痛 未出來

初九 招蓮士 葛甫 陸日卿 及秋卿 未暇至 文昌

館 祝梵漁嵩慶 看春久 摇月晚 君 未到 下刻 明夜 陳豆

初十 從吾苍莊 獨生 沈霽雲 西圃 招吳卿 至宴

聚 趙侶笙招 伯方 顰伯 昆琴 祈 蓮士 伯寅 竹如 蔚雲(?)

星 山存堂 下刻 明 微雪

十一 晴 贄伯 來 沈霽 補 拜來 卷 顰伯 夜風

十二 吳心齋 來

十三晴冷飯後答廉看三新師送葛甫行渠已行矣視春甫母壽晤春甫訪茱山駕航佛持祝榭壽但未晤

十四王渠山及其兄子來果飯後臨洛神賦一通隨筆畢

十五飯後伯寅招至寶璽一叙因彤陛笙樹時招峰石塾敘後與仲篁步訪新蘅雅候恂晤仰晤

撫陸劉頤五雲來赴星階拓以如畢舫蘩伯

偕笙蓮士伯寅老缸石莊座正訓收蓉林田先

十七筠師來代丈隱廣東肇慶閩会知孫朱

回棠 夜雪

十八東三來 筠師來 寫大字一百 夜補孫來風

十九大風 寫大字二百

二十風冷 鐘表不 博如拓宝琳 銅表各半 辞之 看書一葉

廿一僧來一丁價二千包半年 芸師來与同至向壁

訪伯方不值，步園看花如。

廿二 伯寅招宋蘇韓之讀杜詩。脩黃殼表一只，價角半文。買鑰匙一只，價奇。璠生來。

廿三 讀杜詩。葉竹臣藩菊耕丹來看詩。丁元脩打鐘表一只，價二元。

廿四 聲伯招福興輝之讀莊子一卷。

廿五 讀杜詩制題。

廿六看、古臨畫贊一本，訪桝嫂壽〃。補耕來
睡。桝時為桝林、梁州頌，訪次平母
明日壽〃，作芝珊子伊古，桝送來
廿七桝坡、黼臣、蓮士來，臨畫贊一本。陰
廿八下午拜友〃蓮母壽〃，送禮，傷收力下布
又壽〃睡，友蘭、蓮子晉、苕、蔚亭、黼臣，又日回館
看次垣病，睡乃歸。本日陶嬰父開
甲午十

廿九 菊師來 松時來看 書瑤笙來

十二月初壹日 飯後與伯寅同步訪東甓不值

又至寶齋 東甓菊師已到 廷桐生偕東遇夢

漁至剃頭

初二

初三 訪東甓 稚薇 雅存 蓮生 馨伯 星珊

行如與梅誌 訪廷桐生 蓮士 仍同桐生來晤 以尊廿支

偕桐生在馨伯處同星珊晚便飯歸 大雪

在青棠室小酌　方人の升伯寅筠師在座

初肆　勤政　文壽在玉如君（鴛賓來）姐傳歙翁同卿

申刻散玉宗璆赴筠師招蓮士伯方馨伯東璧

星珊缸石竹如君舫（資少農）在座戌刻归

初五　卷訪吴君平積朱三仁山筠師申太丈柳林

鴛航（昕齋昕葉）少（瑶笙來）君　訪蓮士馨伯仲不值

初陸　七世祖忌辰上祈の對丹壽　下午朱杏蓀還

玉宝翳一叙王硯詒芸師　伯寅東璧在座送

刻歸

初七大風烟杉招家聚未去

初八風飯後菩論保(暖)雯山赴東墅夜宅招玉甫論春家等筠師霞僊雛蘋海門鹿仙謂庭硯詒查卦眉生侶笙伯寅芰洲在座亥刻歸

初九馨伯招本宅辭之(宗)延(晦)吉人慱卿風

初十筠師來冬玉根亦玉府叶桐侍　册人收叟

賀西 席徵 君

怡蕉晚餘在座，贊謐師

十一 晨至補琳寓，至函社，晤戚商時，拜至

陳街，晤友蓮、子晉、接少園，有二十二初正大

送翁師，林林時來

十二 晨至後街，倚鐘，晚孫青棠、藕以約嘗福添

十三 林拔來，傾刻剃頭，訪駕航、葉山，晤還少

谷、賀佛持，不值，訪東墅，不值，訪汪桐生，晤

十四 陰 大字七千算

拾伍 晨起步至訪箱師晤并晤穉蘅穉廉
箱師偕同步至家聚厰桐生扛君在座
申刻步歸
拾陸 陰 偕箋同車至訪蓮士韻伯俱晤并
晤琴舫星海伯方偕箋先歸琴舫偕同
步至寶聚還伯寶泰豐箱師等早攤
伯方伯寅韻伯同坐小刻歸蓮士來同食
拾柒 陰 偕持其訪蓮士晤并晤韻伯

伯方來晤

十八風

九答仲泉 師來晤 訪蓮士晤 并晤潔伯々方 訪桐注生晤 訪玉甫不值 屬航來

二十晴 耕生來 與侄望同出 訪東野晤

并晤雲師 稚蘅々尹先後 梁卿來 下午謁

仲師晤 并晤伊世兄立風 訪蓮士不值 晤

伯方 梁航 省星珊剃頭

式拾壹 筠師伯方蘋烟杉來 伯方招玉堂聚

筠師在座未坐即晌掛坡乃去乃分男十月初六知

廿二 步訪晤雅蘅晤

廿三

廿四 雲師楙時杯來

廿五 風晨知 丈人升閣孚本日 衙門也 洗足

廿六 筠師雅蘅僑蒸陸簈幽航東墅君師乃歸葉叩

賀季閣 半上

廿七雪 飯後至文昌館祝陸眉生前輩人壽 赴胡翔林
謝梦漁招 申初兩耕 明來 劉歐
廿八陰 四妹驗看稿 師來 蓮士 馨伯來
貳拾玖 大父忌 午后具茶宴賞 衛士觀 飯後亦
蓮舫 雪丞處 話看四喜 趙仁伯 冊丞 積無一敘 整伯交
卅 滬田在座 亥刻 歸
十二月初一 晴 飯後至文昌館 祝東壁 嚴 蔡云 刻 歸 於 次年
陶仙 汪子衡 天雪村

初二嚴叔引見補缺與仿年同年訪蓮士伯方見梅叔作賀晤便假歸後訪竹如不值晤李鑒雜藥壽曲未刻歸駕航招慶熙辭之烟杉來

初三鶴師謖仍策

初四雪鶴師吉如來薇以伯方叔宗聚飲見梅村山在座即歸賀四妹補缺劉頓

初五伯方來風知何兩人昨日仙逝

初六冷假以訪竹如晤因邀吃飯香師同座至刻歸

初七雨。師樵撥來。冷。

初八陰。後步至結緣寺看叢菊，晤[illegible]，[illegible]航仍步歸。又至[illegible]航，晤朱山新，師晤[illegible]。[未值，持[illegible]，看不晤]

初九叢山房杏孫、朱蔭杓邀往不晤，東[illegible]館偕雅亭、[illegible]庭[illegible]之戲去。[晚大雨]

初拾　五世祖忌辰。偕頌陔步訪友蓮，同至廣[illegible]看春台，又至慶和看三慶，還仍如[illegible]，不[illegible]至稿興趣。

伯方[illegible]同[illegible]仍步歸，同[illegible]盤[illegible]台[illegible]師來。

十一頌陔訪竹如，同西虹，不要晤[illegible]。

十二初[illegible]晚，頌陔文園[illegible]，[illegible]步往[illegible]刻[illegible]，[illegible]信民書。○

十二 下午訪蓮士、叔琴、船壽，拜莊江石，俱未晤。

十三 午後恩詠齋到，御書扁額。

拾肆 答月受山，訪蓮士，晤，并晤顏伯炳、方心畬、莊江石、彭甫、夢漁、琴船。本日小陪心倩宴，會後返到晚。

寫信

十五 雪。答温曼、小伊若、柳如秀、香蓮、小研。是日家夫叔雪，午後與程笙周年，預觀蓮士明日壽，訪竹如、柳聲、仰階。

次侯民弟交四卦雪。琴船來。夜雪。

拾遺訪東墅晤并晤雲師寶笙稚衡至塵

聚萱子伯芳子穎西蓋石星湖同席契伯吉來訪

未刻歸寓、獅林三絕冊缺 唯韻一楔

十七飯後至南濠有 訪莊詳石心樓晤并晤韓芳

卿招小飲酉刻歸

十八冷耕陂女少峰子蒯頤乞婦乞乞未刻至文昌

館祝沈愚亭父壽申刻歸

十九午後至中和園看四喜吉 遇朱次民楊海琴

十二下午訪蓮士探琴舫壽拜莊石僊未晤

十三午後恩稜齋刊御書扁額

拾肆 蓉舫受山訪蓮士晤并晤顏伯研方心蘭莊石

勤甫夢漁琴舫 本日以蘭心清寒 會飲 假翻明

寫經

十五 寫賀壽 午伊若梅方秀齋蓮心研 得寫未成 寫午後與祝

程笙同年 顧蓮士明日壽 訪竹如柳亭韓卿佣

汝借民部處四紙寫 琴舫來 夜復寫

拾遺訪東璧晤并晤雲師寶笙稚衡玉堂

聚星子伯修之綬甫石星瑚同摩挈伯右來訪

來刻竹平、師其三州閣缺此龍一枚

十七飯後至東海有訪莊石心聯晤并晤韻舟

卿招小飲不刻偕

十八冷樹被女少峰子蒯頭之新出毛未刻至文昌

館祝沈惠亭父壽因刻漏

十九午後至中和園看四喜遇朱次民楊海琴

李芋仙陳小帆程伯行如心佣芷石風

二十日南海晴梅搏如江不知伯庭在

伯寅上前小韵

廿一大如書辰留宴

武林式下午與小宜同年相小叙遇之

甫容修傻石畢到

廿三夢漁消寒會之詩如鄉狀

元籌三巡始送後又伯方陳鄉

本日晚庭除戌刻歸

廿四至西街祝外祖姑壽留晚麵陶叔大小二蘭

生偕琴南自還予書同座訪琴舫不晤晤蓮士

趨伯來談而返六至西街晤劉子厚晚晚飯戌刻歸

廿五東三叔松師壽分與託寅帶件去

廿六晤何青士至南海館莊石齋未起訪竹如晤同至訪

莊石晤又同棹又至寓寓遇伯寅以均仲桐生推

衡東塍均至伯寅作東亥刻歸以外畢矣〇

廿七 立春 補秋來函 陸時成寫 树時 頌閣訪 蓮士來談

廿八 篇仲來 偕陸 蔡鶴眉、山訪乃秋 黄芬眠 芹眠 王蓉舫 潘蘭史

廿九 頌閣 伯寅招西宴 寶之 敬士 濟訪 卓如 星叔 濟之

三十 招 頌閣 星叔 陸 吃便飯 偕伯寅、蓮士 吃烟 於平衡 酒 款 寶之 濟之 寶琛、蓬萊 在此 年夜 飯 蹄、伯寅 步 訪芸 石 歸 過 篇仲 並送之 未 得 晤

潘譜琴日記·癸丑日记

（清）潘祖同 撰

歲在癸丑

癸丑正月初一日 拜天地神佛 祖先像 尊閒 拜年上西廳

友蓮、子秀、瑞等來。已後，衍晤友蕃、玉函、耕晤、咸

齋、耕時，假拜賀數家，即歸。

初二日 拜二姑母壽。 往拜人，出城上廟。 大雪，夜在三郎上壽後歸。

初三日 晴 拜客 藕舫來 高祖貢湖公生辰上

供 晤王念劬、龔心甫、蔡植三、葛稚巖

王長齡 華振衡 丁竹卿

初四日 陰 送 至朱府晤蔣生璧 送物致 拜客 祝硯君壽

初五日 晴 友蓮來 午飯後出訪友蓮、子秀、培卿、步蟾 晚往

青棠家小酌

初六 與侶笙同車 拜客 祝叔伯母壽 送冰孔未收 晤叔伯

蓮士、伯方、星珊、廠甸街 便飯而歸

初七 大風 派務齋來 邀子揚、寫卿、愷 便飯 同

至廠街 赴友蓮 狀陶 如姑 味轉 子壽同座 即歸

鴻瑤生年

初八 午後風 剃頭 小生告假一月

初九 拜客 收 假後又拜客 補祝秋帆昨日生日 來

初十　送吳老太〻陶仙雪村汪樾莊弟嫂　訪友晉時卯歸
高祖母汪太夫人忌辰上供　假除又由西林伯寅車拜王子厚又訪運齋晤少穆卯歸
十一　大人赴陵寢祀起程　大雪　華狀元峯
十二　雪　下午伯寅來　接南信　知大伯父于去臘二十日逝世　子晉招廣德樓之
十三　晴　琴生日　理節上供
十四　陰　外舅于去臘初七殁　樹堂送來

十五 筠師來 夜至中州會館門首打燈謎 同㦤石棋
柳芳僧物
十六 大人明字 筠師耕坊來 莊至保安街関帝廟
看燈 又至横街貢染定打燈謎 又至中州會館門首 同棋
柳湖芳芳物
十七 風 璪甫等至東三筠師署陪來 剃頭
十八 卯刻 赴鹽運司 未刻同明哲（先刊來部）（含）蒲質齋鈞唪春來
廿 甫 柯叟山風

十九晴暖。寄東丘撫州翁師補牀來。

二十風。偕翁師赴東三條堂撫坡斗晚同座一席。本日府子園姑母請辭主王子厚值年。下午大人傷風來出戶。

廿一翁師來。大人昨夜發熱咳嗽，未出服子韜方。遣人覓少峰丈人來。蓮士擬改方，利霄初望。

廿二大風。蓮士來。大人稍念，仍畏寒咳嗽。本日演戲未去。

廿三大人已退熱，惟覺口苦咳嗽，尚未清。午後仿蓮士襲祖作說得小研二〇，交蓮送來〇。

廿四 未日 謁伯天叔，假做壽，未正往少園，出。心大

送和 大人淋愈，惟覺小眺

廿五 晨起至錢家青，未刻始歸，是日陰，未正 大人已痊

仍通風寒未

廿六 陰 大人至錢家青，後卯赴部投供，下午出訪春台、達子青。晴 催曾石君二

廿七 到頤壽，父來至錢家青，未刻始歸，遂回寓。晚

廿八 晨至錢家青，陰，再往刻始，午後雨

廿九 午後至錢家青，未刻即歸，從回寓。雨

二月

卅午後訪東三子香晤吃麵歸

初一早騎馬至寺即歸飯後至七未申刻歸

初二下午訪友蓮子香晤

初三早訪友蓮午後至保定日本領訪道士不晤二東

三子晉

初四早至芳山訪馨伯晤本日演禮未去

初五

初六祝炎年壽分未收拜客後飯後訪子香晤

初八下午，訪容玉甫字庭玉，道士樹時連琳子石，起來，吃[illegible]赴

盛觀，剃頭訪伯矛，訪樹柳、容伯，昨並見文肆，吟雪以蘋卿同吃韭麵湯包

午刻快。

初九 大人銷假，舁至蓮士寓。

初十 飯後，擬與伯寅同訪蓮士，未至，胡同口即返。

十一 晴煖。飯後，訪李雲生，日晡。友蓮、菊生父子遣東三叔

新修眠、林鶴航石侄答賀蔡心巖，分卷道

十二 風。瑞生來，本日陸[illegible]夫壽往祝，樹俊生，妻分

初十日下計樣六十

十三剃頭。下午晤祁子和、梁棠，來拜日前吊，為補祝錫佩

日壽。晤并晤稚蘅，訪子青，晤，仍分墨去〇

十四伯外舅知〇家天順〇，代閱試閱卷。栢荇仲訪，乃蕃陶楙恆來

十五為喬萃人乞代試題：君使臣以禮二句；二月黃鸝飛上林

十六補林來。晤劉耀峰、陸琴舫，訪達士，晤

十七恢蝗泉李廷琛來

十八朱心田來，至衛陳庵，晤楙林來。來日去了

解廠蕪來，送分四函吊。楙坡來

十九訪蓮士晤并晤星卿製伯大雪蒼車雲衢羅丙人

二十拜西園雅林蒼株鹿候張幢奴訪竹如晤

廿一大雪赴西陵蒼未留訪蓮士渠留甜醾蒼顧瑞清

賀曹艮甫拜道訪竹如晤寫摺半開

廿二風寫摺半開見慶試一等單

廿三下午烟杉來

廿四風劉頤來授畫

廿五晴新帥壽航小琴華山錫帥來授畫

廿六 晴 接寄父 遞四川潼川府 晤蓮士 倫伯 梁卿 上供
廿七 晴煖 牛厚甫寄丈本（送牛烟嘴 送房硯牒具） 下午在大雁八巷 布睡雅
衡 往西庫 接封父信 雪在座 清明補假
廿八 答厚甫 辦井璞 詠春 送銅陵令 覺來三令
郎滿月 辦又出服 佛室號小雅 晤葉山 陪晚
蓉 射雉 鄭伯來 廿一号 真臨大人 廿六 自後庫寄
廿九 接寄父答貝信三 泥北寄 廿一号 晤子鶚來三
下午 蓮士來 同答崇珊書 射蓉四弟 文四更 筆三
謐師搬於月穠丹

三月

初一日 晴 大人論凝僧來 蒼夢過 晤并晤子珊

賀蓮士丹郎名叔壁 復不值 賀秀父引見 晤梁

鞠裳 常崇廷 萬人 蔣蔚亭 夢輝 六弟女剃頭

初二日 剃 大人赴宗風台 大父按臺 筠郁 梁鞠來

初三 小雨 本日嚴獨生開弔 送分未去 補鞠來

初四 常崇亭開弔未去 潘達航 蔣樹林 子芳來

初五 送樹林本日行 蒼 楊李農 王漁珊 晤葉小年 谷生 訪

子芳不值 晤友蓮 即偕雪株

初六 大人欲刷拙栽雪筠師帚墨真亭撤寫代 大父

寫訃摺

初七

初八 瑤笙來 授畫 射鵠 芝師處託內造人送去

初九 姻杉 瑤笙來 小雨 射鵠 授畫

初十 子晉來 已刻知頭場題

十一 姜臣來 飯後賀東三分發京職 不勝勝 寶林

謹師不值 晤子香 乞點 歸 習運熟 復誠與討乘

二柳遇苇之与投壺　大父寿　为母庸作伯寅借笛看看

十二　風伯寅招笑吴周年佳

十三　戌刻知經題　投壺陸笙來

十四　投壺　遣小王答李鏡之師　贊　繼昭　謹師來　伯寅有信閱

十五　送謹師　11拜朱留晤子要卿師　寅保有局　熱

十六　蔣師來剃頭

十七　小雨　午後拜姜師　晤井山星海伯方賀年言師補

缺　夜小雨一陣　鶴師來射鵠

十八 尉鶴、緻風、瑶笙來，寅侶招飯，與蓮士去
撥飯，偕伯寅、竹同車至琉璃廠，與一叔風、蕉航、子苓
式樵 午偕寅侶、瑶笙同年至福興，赴濟存招，偕寅、蓮士、星
珊、賡伯在座
余至拜蓮士、式亭（蔣子良）師，至如和赴蓮士招，趙伯寅、珊濱
在偕笙已蘭在座，與偕笙同年病，順拜毅菴，趙梅調
甫晴譽拜，拜壽文園（日）的拜伯寅、偕笙，至呂崙田家看
尉篤夜樾慎來，與同出至陜街所，友蓮士來，節曲

廿二　風，與梧步至御街，晤友蓮，即歸。

廿三　葯師來。午後至宴賓遇溪，同伯筆、伯寅。

廿四　雨。飯後至天寧寺，赴蓮士星階招，玉甫、湛田、聽伯、偕

筆伯寅、鏡如、惟遠、葉雅泉、廿臣、石江、葵舫、韻春、履石在座。

夜集全試平寓，剃頭。

廿五　御門，換季。

廿六　四姊、大姊、姪聯、葯、許塘、偕筆伯寅至恒圖、青蘇、宗家，夜歸。

廿七　風，步至御街，晤友蓮、兄弟，與友蓮同飯，悟拔壺

子青來借年看書未四書　宗室閣者麟梅又王俯

廿八（本挑）寫致岑賀年總函帖附去係蒙老許八順友筆還

日昨作爲陪媒人補辦（東之）訪東野時友筆還來（即）現又告已（朱安東逆疏）

後衛即將朱心回來知伊及十五鎰平會留何摭

廿九

余孤劉頤去係街賀子青喜禮去日之客迎視與伯皆同車去夫

靈寺遇達士琳慶伯供人物寓內來與伯等同車回伯

寓招同伯年至城與一敘與伯等同車回至同□呢

胃

傾共二席，亥刻始歸。

廿八日，厚甫來，竟日撰畫。

初一日，至西園，來飯，偕至臥街，晤東三、菊生、印泉、虞臣，赴

偕芝招，又至叢桂莊，石(?)泉東邀，晤蓮士、稚安、竹蓮、星垣、焦亭、許

吳台、李仲任。

初二日，叢桂莊看春，午後至蓮軒，又晤仲蘅、謝雙溪，失蓮

生、吳子由、(?)陶、吳之謙人、步西歸。又寫賓伯、富齋、伯俶、質

蓮士、吳少(?)、蘆(?)仲，往看，邀以王、送詠春、子(?)、臣西園、

雪(?)、厚甫、鑑平

初三東曉來 夜洗足

初肆 侍上供夜張管代擬王廉階 大父指畫作端硯壽星 鸞鳳翠簪 送芝伴

抄寄艾決甲去康佐 赴張管招 又臣蕭和者紅桃山

與張管同車歸 謝艮甫 北堂 暮風

初五小雨 按華閣美成來

初六飯後與伯寅同車游 園 與張管 三遇竹如巴蘭諸人 畔同飲 與三

畔同車歸

初七

初八 剃頭 收拾半艙

初九 [illegible]

初十 大人卯刻回家 知子賠

十一 [illegible]

十二 子胥 湛田来

十三 [illegible]

十四 雨 竟日 [illegible]

十五 [illegible]

賀陳柳坪直隸記名拜廷鑾聲夫人，拜峰、寅階ㄙ仲甫、瑞西旦，秒

（雨田世叔）張稻樓、陳培之、楊鶴樓十臣殿試，與（雨舫）題一人一生收卷

點後拜陳應龍，晚拜西園雅林一言齋ㄙ文聿ㄙ博（第十一名……）

勒芬試回往歷

十六　蔓園來未会

十七　西園來，以大人所助廿四金交與伯寅、程少蕃，以存冀。

十八　剃頭。（怡生來）張稻樓來。（孫竹生來，吳合來）敎假題（附雨樹、蘇余的雨儕多鄰）二月ㄙ日ㄙㄙ　補

胡沛霖來

十九凤伯寅来

二十皆琴丈人生日 颜伯来 来刻初学 县贵华人

廿一随同丈人至杭清门谢[illegible] 回拜客数家 写摺二开 颜伯来买信甲古扎

廿二送伯寅引见 四路亦来 拜客 写摺二开 睡榭时拜客

廿三写摺一开 林时来 饭后至钱门士弟 饭拜客 晤张稚樗玉文

昌饭赵新进士招 养之 丈人伯寅 味琴先后至 刻归

廿四拜澄甫太丈人寿 进城拜客 饭茶 写摺二 知县甲

开鹿仙来 写摺二开

菁湖[illegible]大人達 内行孔伯寅同在湖順 拜客數家

招二角

廿六寫長發習[illegible]搨角半 潑雨即止剃頭 拜客卅餘家

念柒 拜客三四十家 兄申饒行 文人丕庭和保等

伯寅已到 伯寅昭來 寫長發習養角半 東壁來

廿八 觀考 鬼神之爲德其盛矣乎論 盡性存乎疏 麥秋至 寫長發習卷一角 拜客數家

十家 張丹亭來 寫長發習 拜壽 遂訪録座 [illegible] 部壽辈知賀附 福、村 [illegible]

賀節 少園賀節 廷之 夏子伊轉致

肯

廿九 寫夜明卷一開 進城拜客十餘家 黑后來 皮盤仲如處午飯 乘轎[illegible]
三十 歐陽松山來 寫夜明卷兩開 浙雲公宴晚之
初一 拜客數家 至吏部投供 訪葉公 晚并眠寫航書
夜明卷兩開 摺一開 黃圍來
初二 寫摺三開 飯後拜客數家 取附軒主人處 晚補拜楊府
初三 時拜來 進城拜客 晚赴伯平柳翁柏隱等 鴻航小琴來 寫摺一開
初四 樹[illegible]來 飯後烟杉來 拜客十餘 小眠 樹
時厭高 招[illegible]來 出門 [illegible]師處送廿[illegible] 剃頭

初五進城拜客送節敬南門一吊朱受之送一吊樸山

巳刻回時拜陳年來寫摺一開

初六三叔壽筱師稚蘅來寫摺三開半夜朱心田來

初七拜客數家晤稚蘅筱師伯康稚翁厚齋寫摺一開

初八雪峯來頤及拜客進道十餘家夜十一開

初九小雨寫摺四開廣正陵術以下人民宗莽士子汪愚亭 帶栽

初十雨孔題匾魁星祭祖母生日十五拜文一摺

玉飲點 侶笙 闻聲晴 上視尾兄 某社少菴

早同補村伯山柳村隆星偕伯來

夢雪招同伯次與侶笙同年玉庚同看娟珠於宋寓夜歸

飯前雨

十二日陰雨 梅花精舍飲散歸

十三日寫招早同伯汲過樸卿安晤達士觀伯柳時已晚

答芗方子馥偕新甫同健菴寫眠以琴丁鎮經柳

夜到山寫眠留晚上心晚飯濠步行距二十子方達

行時剃頭

十四日鄉鮮來飯後寫眠子慕來寫完

仍寫摺一開

十四五 寫摺四開 補帖來

十五六 寫摺三開半 ……厚甫來 樹陂來 夜大雨

十七 引 見 備選御史

播修改摺實 晴 李筆聚 歐陽廷景 佔筆摺五件 起

再函壽 日事 亡亡安君來 春香 仙實 東來 靜夜 桂三摺 卜運吳來用

補與一叙 退 後 萬筆 英刻開

十九 葯師來 晚覺不舒

廿　病　劉頤李蓮卿來　陳子烟杉來

廿一　病　稽僉陳子惠來　袁暨來求之

廿二　病　鄭僉丟仍撿服荷葉湯　摺寫三角六

晉來

廿三　寫摺兩角半　糾彼備某來　香仍撿服荷花

露荷葉湯

廿四　竟日寫摺一角　丟仍撿

廿五　補卦來　知樹恨已修刊　香仍撿屠也　離一次

雨。午後江鶴師來。

廿六　晴。仍縮泥門，今錫以寅根之叢也。又四玉郎

至甫偕鶴師讀石佛造像座

廿七　晴。仍縮寫摺。甬鶴師來。陸季樵林來。祝鶴師母壽，殺豕賓，遣人送去

廿八　陰。寫字單。開寄廿七。下午達士來，以李對二字函

攜單去分寄。

廿九　陰。摺一開。李墅來。晚飯後步至天窗一游

晚硯仙至塵。懷民剃頭

六月

初一　拜從拜客，晤硯卿。午後吉雲來寫四一冊。

初二　葛蘭階來寫摺面，廣壽拜居師壽借師。（硯卿振廣六壽有子）

蘭階丞回，秋送行，晤時軒詩，舫不佳，有新

師初已手舉月廿六，余擬引之紀名御史詩

蓋卿不佳，晚偕以步訪蓋卿，吉雲偕晤

時黎（偕卿）洪民、孔懷民、仰亭程行先俟果，亦自硯卿

撥領四百劉恤

初三　葛師來寫摺三冊畢，友達內

初四　早陰　三角　曾祖母貢太夫人忌辰上供

初五　雨　早陰　四角　子良來譚，川弟入，麐伯來

初六　早陰　三角　雨　那為船隱、筍來　東生甫辭行來會　熱甚

初七　早陰　三角　蓬士來　熱甚　夜涼

初八　丑風秋（早陰來竹溪莫卿遞）時補對詩硯，柳青雲代時雨送葉

賢川將并時難猿詩借仍將蒼巴脫六芳股大

幸子猥以對僕西下午子補對蟬報蟬川

人陸對仍寓在座

初九　烟杉楸坡來，摺一角，薦暮玉涵，秋，亡林行時，遇可庵，柳生，細舒，訂吉定明，從其下行。

初拾　寫摺兩角，補錄來，下午玉存，擊鐵，遇梨貴，川，玉涵，秋谷，遇補帥，行，晤堃，柳，坪，出閣。

挂號，寫摺一角，午後，養式，帥送，薛，晴雨，暖，吉，玉孚，文，賀，嘉，王，見，伯寅，拜，玉，賡，公，瑞，春，晚，遇虞臣，吉，云，男，柳，訴，人，与，往，使，同，來，用晚，時，寸行，觀，柳，時，遇，竹，如，樞，浦，叔，伯，懷，氏，茲，十，家，王

談看琴西甚風城遊曹應白县皆白芷卅本○

十二 寫摺一開 下午硯卿來，少言字畢

并晤硯卿、禮甫、晉卿、慎臣乃分帰去

十三 會生員隱字友蓮來与仿寅同年訪琴

時晤過筠卿 黎三李白先昇齋 收到蓮士來寫摺

一開

十四 寫摺一開 晚飯後答訪友蓮子晉季友蓮蒼

訪穆宇晚遇愚孟宣 祭次子東甫青農孝侯何昇

船植三筍師在寺子惠心來稽照即至元通觀訪六平

晴并晴 晉卿內循小雨

十五寫摺一開 晨訪硯卿晴　未起訪梅林晴曉

十七雨晴 并晴硯卿即晴蓮士陳筆來

十六雨 寫摺一開 筍師來剃頭

拾柒 做 保甲 榮寫摺一開

十六 悔伯來 寫摺一開 文卿 関是卿 春生

十九寫摺一開 領後晴 吳昇翁與懷同年 筍師出人

祝蘭使予遇琴舫植三稚蘅雅蔭竹琴宗小畹伯寅

宋與信笙同年內祝卿來

二十 柳君來寫摺一扇赴志仁館來夜小孫遲知之否 又題中劍泉集題作 辰初三刻 拜清明

廿一 做望壁唐野棠寫摺一扇王雨金來以和甫所去

郁佳遠小王文郭星遠家柳坪雨葛師伯寅擬

在招子扇妍同同葛師小飲吃麵二碗

廿二 做文 王叔高 下午與寅同年至山蒼來看鄉 敬林

作來遇柳君已蘭畫遠去昼夢子敬伯和坪來 心鈸

崔丞之申刻回祝寄母壽送燭匯桃麵來收五六壽
父懷民航蹔拓楸井柳筱青手復田來贈卷還付 虞家葉一 紅本 國卿
知今年已乏 夜半雨達旦 讀文十篇 黄昭本周集楸和郡福無壁

廿三 雨 寫摺兩開 得霞涯札 知考録取于七月初九查
派 夜讀文十篇

廿四 寫摺兩開 午後大雨 晚訪吉雲 勝兵醉許九霞 丙寅硯儒
即歸 因 黄昭度試制藝 夜讀 文十二 篇

廿五 大母偶患頭暈 寫摺一開 晨訪友達菊 日陽

耕叔偉瞻蘅仙來晚飯仍與黃倩園棋八年以

門弟收拜辰師從晚夜讀文字以加

廿六 大母稍愈以外事候宮民吉趨相慰軍又發 智男

大人起〇李開賢字〇大人侍遊展覽做文 敏手四月核 平三日 晚去平東

廿七 段候民吉來〇伯寅處〇寫扇一柄 夜讀文[illegible] 返

廿八 寫扇一柄以祝宮四五旬壽壽值記壽 收

衛視度蓮孚及子署大人來何據思南生來

陳之瀚 隸相生静 泥備 雜樂 阿均廿二粒

七月

廿九 晴 寫摺子開 友蓮來 夜讀文廿篇
三十 寫摺二開 夜讀文廿篇
初一 剃頭 做團練策
初二 整伯 樹森來 寫摺三開 夜讀文廿篇 硯卿來
初三 雨 祖母壽 友蓮 譯笙 吉雲來 寫摺三開 夜讀文廿篇
初四 雨 晴 同年至 請安 寺三廿 卅 圓上 上 為吳雲研
卿 陰 晴 晚雨 寫摺二開 夜讀文廿篇 立秋

初五寫摺兩

初六寫摺二兩

初七寫摺二兩

初八寫摺二兩 篤頤來

初九寫摺一兩 閱朱莉知竟 覩古戴 竟日雨 吳軾甘原刻

頤收拾寄雪齋文集 搜檢須彌蕭逝阿 鄭王成王文彩堂志謹公本

初十丑正起來 與三叔往寓院 隨同復赴貢院

原刻進場 坐西宿二號 未正題到

十一日巳刻出場 申刻至寓

十二日循伯來 隱生來

十三夜巳正廣和赴循伯招 看明君 遇文可帆葉蓀元 巳刻歸 蒼園來

十四日寄柳井 午刻赴約 聯甲四樓 蒲 柳井 硯卿 邨 雇人寫 幕 杜隱生來

十五日丑正起 來 已隱生子山來 即赴京寓 候試 辰刻進 高梓早保收 午刻 吉 村 埠隱

洋菜

十六　韓伯來，因剃頭未會。接寅兄、陳宛之八八書平、硯卿畫團。

十七　拜園來飯，偕訪之銘師未見。

十八　晨進城拜客，兄在平師，偕之銘師未見。晚韓伯、蓮士、墨之、廉夫、小舟、拙齋飯來，稚翠來。雨。

十九　雨。小梅師來，傷風。傍晚在四叔出府，前向小便，雨達旦。

二十雨 劉草頭晚向在西丹書局外間小酌

二十一丑正起來 同四叔往寶丹局遇 ... 手詞引睨

李 首紀君兄二叔卿 訪隱笙 時寫十丈來椒井來

廿二晴 訪椒井仍抑甥來 忽晴忽雨 傷風巳中有

泡寓南局○ 硯卿來

廿三 寅初起來 寅正上車 卯正十分到 内隨 古人 ...

内外近亭碰頭後 恩 紅寶 數字 午後仍 ...

書女仍得甫賀札 古廳要送來和○ 頭 ... 來 ...

廿四　晴雨時止　甲寅　營生　六世祖妣汪孺人忌辰，上

供。法侶審判〇　友蓮來，已飽未食，以叢叢之，承教之不敎

廿五　早間小雨，昨晚得壽廷札，知勝録今日已館，已定未

合。又大雨竟日。

廿六　叔通赴部，驗得所辦數字，云國史館報到

晤友蓮于署，辦兩件

廿七　劉頭手段，辦安，晤吳甫森宇，責舊園，內蓮生

叔通、王兩生送稿子來

廿八寅正起来 湘通来 同至内 午刻到 見蒲孚錄

鈺彤拜客 途中甚難走也 椒林來

廿九日拜外舅祖壽 与罗拜同年去 与吳菊生、崔樸桐之

性瑯違為同一席 同拜客數字 吳辛畲 楊舛

通來 拜尚筱祖莫二年

增初一寅初起来 随丈人進内謝恩 退拜客 見松師年伯（芝伯方）物厥似

錢珊來 夜雨

初二滂風 午後拜客 蔡國、賀之、雨（任武坊、王雨金）睦菴來 武以來 陰雪

初三 午後拜客 晤惠人 質甫 王蘭谷

初四 午後拜客 晤安笙 吉甫 硯卿 依民 遇楊芾庭 長麟 仲謙 以昨晚

南屋曆[illegible]辦[illegible]府

初五 晴 鶴風 初八日 延[illegible]復 [illegible]請 初七 [illegible]送[illegible]婦酒 朴山嫁

妹 [illegible]送[illegible]送[illegible]和[illegible]八色 [illegible]伯廣[illegible]何[illegible]送[illegible]

午後[illegible]吉甫 勤[illegible]來 本日[illegible]傳[illegible]題 [illegible]天[illegible]田[illegible]

[illegible]楊 [illegible]一[illegible]何[illegible]來[illegible]起[illegible]

初六 劉[illegible]拜客[illegible]趙吉甫[illegible]

郎以繪門黄二象〈与研漁〉過京南。訪科頤先生，未晤，遇□
三十 蓬萊，團壽筵。茶，過江。抵寓，晤□矣。〈屠蘇大象〉返，遇霜溪□如
初七 大母来，不晤。□来，大雨，漢倬、筠師来，大雨達旦。
初八 雨。赤堺，今日初任，因雨未赤。
初九 雨。夜讀文十篇。
初拾 与蓮同年訪聲伯，晤讃甫、高師，晚僕已福
與与蓮以鐵硯卿去，仍東聲伯、賛廷、郁林
山同座。夜讀文十篇。

十一 大雨。在子遊房內見椒岩，搭弍兩硯，此硯擬飲伯足之懷民（王元通硯山）

十二 晴。午刻到任順齋（送節敬）寫時，相師同精扇，又到小屋時，椒林還溫田（任□□ 出邓为）

到蓮士看時，遇硯仙，由查少力生看時，同年蓮。

（晨）晉遊甚難，走之，剃頭，在月華談，讀文十篇。

十四 到焯兮家（送節敬），見翁師植三、萬周到，道路甚滑不好。

走。下午又到寓時（說任兄來），次平、秋月甚談。

十五 飯後到寓，送節敬時，芝生師同頭痛，摹送冊來。（讓堂）

十六 午後至園中假，順到寓時（寄延張英寫件），秦先生、王兩金吴清。（抄□□）

萬昌製

雨。孔懷民來。日考御史題：天行健君子以自強不息論；除邪源策。

十七，陰。寄生日，修改撥安時策作料，蘇杜二州

通。夜讀文十編。

十八，寫卷一開。蔡伯來。呈觀筆浦巧生取去作衣

昔生東來出覺。夜讀文十編。遣小王至安寓偕梭集一

夜雷電，未雨。隱峰來。寄如見晨安否。

十九，陰。寫卷一開。臨帖數行。讀文卅編。

二十，晴。文海、吳菱惠來。剃頭。

廿一日丁亥 謝雨卿止 晴 大課題 用文老師二句 岣嶁禹碑山 偕伯明拜客 貞翁 千

朱修伯㊞明日去 敘々

廿二日戊子 陳小舫來 晴 下午拜客 晤吳子佩 老師 研卿 仲民 星南 少甫

廿三日 偕伯拜客 晤邵蕙西 藥山 賀蔗農 吉甫 遇張文卿 等招

㊞年 作賦 作詩

廿四日 丑 文昌館 與研卿 偕星南 柳平 看折柳 遂陳蘿 偕星階 陳東 雨來 同在

大雨 卷下小雨 夫人 母親 伯寅 偕星齋 座 款辭 ㊞

廿五日 寫招 再 讀文廿篇 古蓮 山 代用五律二首 為伯寅書殿 相代 条幅

萬壽日

廿六 賀萬航（名慶第）孔木甫來 來飯後移寓時引之桐生柳宇友達王曹青

雲之俯叔衡叔蘇來 得種村書

廿七 聖誕閉門晏飯後偶臨雅字夜讀文十篇

廿八 巳蘭來飯後訪外通籍倩筠晚臨雅字

廿九 西彭海舟園之屋之楊集樹幅冊頁一午後雨

雨夜讀文十篇

三十 剃頭風飯後晤吉甫遂訪民之龍聚達升通

招小宋東人 李眉生 沈仲復 伯初 在座晚同在一起

九月

上壽以飲四壽作筵作筆在座飯中楊大鈞來

初一拜客晤蕭質齋蔣耕林午後方通遠之和隱文

初貳拜張楊兩嫁女晤遇金雨卿卯仙錢頌與

作筆同年訪唐仙階筆僅晤遇春甫玉廣應泗洲城遇僧

伯即同登遇樓沿垣觀紫霞集朱姓人物甚多階筆集

初三柳林來傍晚拜嬰子步寒晤夜過菊生晤人訪葉

遇葉遇王山吳木白壽殷遇胡卿程甫作晤鄭伯來為寫壽文章

幅一方

初四風潘蓮舫來雷瑞光 張錫棠 柏生 帆航來 下午赴
安節偕同賦已柏鄉工價
初五訪樹丹不值赴傑鴻和椒丹來以古箱二寄
存由午後訪吉甫 遇汪文卿 薛園假晴訪紹道存達不值
讀文廿篇瑞生來
初六寒露偕生出示傑鴻和吳費園來讀文廿篇 瑞生來
初七楊方翁來先借洋兩費二力下午薊頭招安徑來午
祝卿 遇賀眠時招眉柳年宗寓 遇賜卿

初八 午後答經腴和祝汾平先人壽，晤汾平。

初九 做詩一首。晴。擲金錢卜吉人。葉山來，查老九中來，託所擬巴。稚雲叔還。李蔭生、王慶洲、沈蕭庵、甲同輩來。

初十 午後寫信，並山堂紙交進之，並付腴盤伯。已閣來，寫卷半開。勝昉所做詩一首。

十一 寫摺半開。至伯寅處，李竹泉。偕余快一時歸。植三過，鍾蓮生歸，晤林家。

十二 晴。李青士來。下午寫摺半開。

拾叁 陰晴 過修伯不晤，辛白、芍亭晤，答客，飯後訪
萊山晤，與蘭孫同訪李仲復晤，又至蘭孫處，遇伯寅、
沈經笙已晡，程蘭孫通政寓，蘇廠伯寅亦來。
拾肆 剃頭，早招三甫，飯後到寓，赴倩伯招，已晡，顧伯樓同
圍伯寅座，遇堪田，后到晚歸，晚家讀文廿篇。
十五 西罡晤，答客，晤叔平、山地山，但不學海，遇初季文性
古楠
十六 賀蘭圃，繕奏晤，答客，晤筠卿稚三

之務實竟日睡，菜山明為航運要地，去時寸通已罷，遲成楚士

建士居所未晤，蓉圃柳所遲蕭庵，叔翁、芝師、陸笙漁

已寅刻矣

十八晴　黃往上衙，午後與悟琴對奕，陸笙來談，筆編

十九晴　臨多寶塔一張，讀文十篇

二十大風　臨多寶塔一張

廿一　臨顏字十張，晚在書房小酌　太夫人

四弟伯寅恬味在生風，早向日四妹，步訪子晋

又同至横街查氏罷看四叔先回余仍至王君亭晚坐晚歸

蓮卿偕聲伯來

廿二晴 飯後蓮士偕克臧善來 拜客 剃頭 修名值 寫太守

廿三寫字 拜客 賦宮聖臨帖數紙 早向寺訪子青飯

或拾肄 訪備伯同至廣和館 耆台 聽 看迷混嶺回酬

寫字 桐甫 早向訪姊 通晤 字

廿五 耕林來 麥園來 飯後與寅同至王廣會看羅 黃房少來 四嬸

寫字 因整伯王招興 趕 伯寅招同車歸 頗醉 看信 十一補

廿五晴 布盧臣彭荀亭宋庶人王壽彭同來晤 未過

華山門生已正刻去

廿七雨 為鄧昌知送天雅圖序 何夜飛張揚之南自

大姜談藩柏林殘度志尊 送知剛任師之壽

又摺股皇甫碑一張

廿八陰 謹軒知文擬差得白華 知陽陸春來上館

廿九陰 已刻來桂畫一古良情四處 下午步至半截胡

與吾華山諸田饒射

十月

初一 晚蔡世英來，存右芬李壬秋案楊畫屬傳之三卷，假浚傳

雲仍權三千自根未見仰根誤擅爲人奏行而時又來（吴陈屏甫評本卷）

山蓉園刻跋

初二 雨。陸存榜畫一帖，共二十四頁，郵送蓉園，索下

午朱見卿、藍候卿來

初三 訪蓮士，時與萊山也之作畫，待射與伯寅同年

哂梓臣生日，與寅同年至廣仍蔣子久集

初四 晴。論硯君、蓮士、蓉園、遇章、翊衡在已蔵，季遇讌伯循伯壬年

樹呂子港田吟舫葉氏祀毛樹林掌榜射丞葉山子樹森便

飯丞葉山去廣陌君壽古仝月年内葉山送來收候

鈔丞

初五晴代大人寫去東葉山來招去廣和看白水灘荷

殊記看完成去的

初六晴葉舫來子同去詣楊森并晤杜玉溪由總卿來

初七陰君菊畹步詣楚伯葉山葉舫運樹林子同往榜射

稍卿湛田地之白　佐臣來午後子寔同年往贖收帶燕意

鶴師婦女出殯往拜仍晚与寅日来訪蓮士已蘭

不值遣小王至蓋墁卿處送行以大人所賜十二月壽與

初七本撥沒恒州翼外姚偕心如来 仲四月 初八 晤遇翁甘卿晤廉文

訪林不值訪李仲京與孔十陸与已蘭同至杜座 与蕙芝年叔

偕仙舟赤書園景見龐但仍關者偕伯偕在座

初九風椒井来惠人来已蘭仁甫来

初十晴硯君友蓮士晉甫偕伯偕伯誠送蓋墁卿十五行 遇翁伯英往甲

訪椒林不值拜通蓮士来步訪已蘭姪遇翁一枝一座

十一 風 爱 山來 伯寅在福興請客 席有吳陳春圃 庭聞 林[illegible]

十二 送雲女明日行 晤武仲 遇蔣子久 訪伏而不值 眠 蔣甘卿 陳文之來 夜雲女來辭行 遣山王贈以[illegible]

十三 陰 午後訪器伯 以椅 伸巳蘭 全遇蔣甘卿 送蔣 珣晤 訪林通 濂圃董遇 壽賢駕航補缺 往行不值

十四 風 寫卷半開 剃頭

十五 風 至 彬叔家 晤伯方 帶回課卷八本

十六 伯寅門下求代 文 子封來拜

十七 盤伯、子晉來，同游耕坡附軒，出。 大人出，赴書院，武奉陳來

十八 已 蘭坡兄邀飲甘卿處，雨，三來，乃傳民部。 伯度　春圃

廿日 何如、伯文、陸星農　[illegible]

　　伯度、子居、笙甫、壽春、迷民、嚴保

廿一 武梧、何小宋來。伯度、子居、笙甫、子芬、慶南、駿甫、壽民、巡逸

陳

廿二 風，叶子惠、毓芝、李。 子芬、伯寅、東屏、盤伯、春圃、[illegible]

廿三 陳　子菊、何小宋、伯度、子居　笙甫　同[illegible]

廿四 　蓮人 [illegible]

廿五 寅招，芭蕉和煮，蒯、豫、陳、柳、卓、太夫人來，盤伯來

廿三 冷。錢從友蓮來，着恩山視殺，答沙大蘇所陶老令去出場

廿四 步訪蓬泉拜通子白髮，伯仲不晤。二友蓮菊生在慧伯來

遇蓮士。晚同瑞琴來

廿五 訪瑛芝仁高晤，并晤保孫之蔣甘卿，遇孫棣

門。訪式卿不值

廿六 訪巳蘭、蓮山、偉園、蓮士，俱不晤。之許通、鶴皮

園來。下晚步訪陽生、遇渠取子。遇春甫

廿七 風。硯君來，至上房。以上午從相國平老友人

賀隆等兩眼慶試題 孤雲獨去 天下 正蒙朱看琵琶行 四知城

過蓮甫星軒慕巳侍人

余攜訪隆等 得甫未起 過蔵甫寓 正擬店晤杜正溪同年訪濮回

晤竹小正禧興 林山到仰僑 湛田隨正同寺正蒙和看

政厚闌看譜坐星要晚樹林招正禧興 兩征歷書 葉伯厚

薦與嶽雨同年均有 葉梅書仍 遇談至夜到午

廿九 往看果訪武師晤炎賀麟林廷及御史晏磨園頌

往看部中出賀李滿園李 臣嗣 敷中出拜李琴均未晤

字分罌字安否⊙

卅　蔚頤趙桐山來

十一月
初一　進安軋恒燧　捉滿叢函課暑以朴採描子物穀　民夠字欲描瑚瑚樹東　川招宮眠穢蕉蓮

初二　晨安詔仍仰同安函覆捉留字仍　黄昏晴陰雨　依仰雨　快成佈許雨陸

先生虞臣來并函

初三　風華山蓮士來

初四　大風陰　寫硯農來　大壽辰
初五　大風　永仰丁姊艱　[illegible]用事　下計　大人壽四千
初六　陰　[illegible]呂辰上　[illegible]四舜母壽　瑤寫來　[illegible]陰　寫[illegible]　[illegible]團送
[illegible]伯明日行　[illegible]　赴宴　[illegible]　[illegible]　[illegible]　[illegible]　大　劉來
[illegible]　大　[illegible]　[illegible]　[illegible]
初七　午　晴　謝硯君　并　友蓮　蓮士　[illegible]
[illegible]　和坪　[illegible]　[illegible]李如卿　王子槐
初八　[illegible]　[illegible]和　赴　[illegible]　[illegible]　[illegible]

八月廬山作四年為翁師索作物

初玖移榭林不值至廣居赴宴招看樓會選課嶽笑

過樸園晤杜山至晤清思諸穆顏布堦福西萬正朴

山借宿晤伯言雅月邑甚談白

初十祝之翁師病拜玉甫晤杜玉溪來留夜在宿宋

小酌呂關顏伯棠

十一樓盤一借歸在晴宋小酌顏伯棠

招武劉頤晴崑平丹閣陸學作筆招至廣居看梳掛四對

偕與梨府同年陶叔同在嘯雲飲頗醉

十三答何靜儒甲東人令兄書送分年甲引之安圖

子寧孫起寅侶楚包同座叔校畫一幅包蘭來

十四校畫一幅樹林道人所畫所存書籍三

十五送樹林玉溪行睡玉溪式宮歸送徐保之將

雨社山房校字

甘卿行與王長華四課奏章本答許子賓補子書

四通與樹林來收陳

十六校畫一幅

十七梳盥，侍芥趙桐山、沈眷甫、怡琴同飯
十八梳盥，侍芥筠、清圃、明日第飯
十九閱十一月課卷
二十剃頭，璞堂來
廿一錫師
癸
賀福友蓮
念舍

下午坐車出至廣信看蔡家莊至運甫仍出呈群筆內

坐至旅寓回午餉

俞肆拜蘇師至寓書指寅折出廣和看湖船

蔡家莊拜武高師

廿五日（蔡午後）偕同年至廣和轉陽步至廣信看鮑覓閣東（甚）

偕沙湖拜草至座偕華來後又步至廣和看破神標

仍同廣信看紅覓閣至偕同年歸

俞陪夜步拜稻叔通吕周作暫午後至偕同年至蘇

與植三來，至廣和看折柳。送魂顧坐寶子白菜，与旉伯同車回。晚約与園晝樹、拜卿、癸，公府同小飲，四叔借芝寓於峰雅座。

廿七　飯後与伯同車至三益堂，購洪禧年屏、山牡、海棠、藕。

夜坐。

廿八　在四叔处房同吃飯。回，送內送四嫂，即午撿淺行一兒晨，送喪至喜建，指頭至翰家送殯，叔和坪指至咸私楚篇。

与蘭芳華、壽同家佰坐，歷至發示一轉，仍至廣和看正家，屋与佰同車回。

廿九　整果下午看楊叔卿、周鎮霞、許渚來，同夜晚陳

十二月

[illegible]

初一日 ……

[illegible]

陰雪 來

初二日 ……

初三日 ……

……

穆叔偕同坐怡东

初肆 与惺甫年丈唐屋卿丈三藐联三菱寅伯祀坪浪

田同座黎东与黎同年作蜀吃粗饭

初五 播叔来饭中送本记三本菴诗式师赠

初六 至姜如老揖处荐贺清恩胜谷家腊作宿拜

亍錦師墨原

初七 伯仙海湖豫譁来书送小王拜吴小耕画以读

拓银及拜通所拓宋曹月文崖

初八　校本紀　風雨　訪務園晤并晤沈異之、趙蓮舫　間中有書來執

初九　四叔外郎中　訪筠師不值　若賀杜繼園　訪耕甫　不值　培生　晤務園

初十　黎伯叔通來談

十一　荊頭　瑤笙來　下午申正開吊　送二年賀　穀若賓　梅生好書

從桐　若曾　稚莊、但幼湖、京鑑泉談

十二　校本紀　冷　大人廿吏右　筠師來

十三　校本紀　張小南（變）來　言　寶樓伯來　筠師來

十四　筱匡來　子晉　留渠早晤　寅指　度和來　訪友蓮子晉　硯君　陶　雪

十五出房担梳塵校本紀

十六答湛田黃圃答賀朱兒卿手得以所答切閩中送蓋
仁開晴送蒋師賀寓航來校本紀初月古好

十七晴冷賀汪心蘭乃御史賈西垣孔和郭某姪菜
山蒋師陳桐生子潛陶蕃伯來

十八陰冷以本紀交積園明日帶飯叔伯招中和
未去

十九

二十 封印

廿一 大父壽 怡卿子剃頭 次卑硯 崇陽 筠來 午後 蓮書

訪楚伯 因公稿與 赴寅叔 陶 友蓮處 吊衡

小宋 吴引之

廿二 午後祝陳師壽 蒼壬 彤 訪仁甫 不值 平 大倉 陶

聘爲師邊 仁甫偕至伯寅 口業香士 出卯後之 易假 叔

廿三 宋魚人 趙相山來 祝蔣師母壽

廿四 同怡亭 查雯 祝外祖姑壽 腥硯 君子夏郎

为仍李篛彬来上任

廿五 雪

廿六 雪 遣小星至松師處補送祝敬 送还狀尹册 交之澗来王右君謝楞

廿七 雪 庭錫師来

廿八 雪 幼湖 松舟宅 饒舜之

廿九 大雪 代大人書謝役叔楷

瑶笙来 剃頭

三十 賀 賀焉候升信 讀吾書 委任事

竹湖 暖翁

師婆送莳叔 內外男子伊樾撥偎民書 在口叔 口先

上唐餘大梓